문학과지성 시인선 293

불쑥 내민 손

이기성 시집

문학과지성사에서 펴낸 이기성의 시집

타일의 모든 것(2010)

문학과지성 시인선 293

불쑥 내민 손

초판 1쇄 발행 2004년 10월 28일
초판 3쇄 발행 2014년 12월 1일

지 은 이 이기성
펴 낸 이 주일우
펴 낸 곳 (주)문학과지성사

등록번호 제1993-000098호
주 소 121-894 서울 마포구 잔다리로7길 18(서교동 377-20)
전 화 02)338-7224
팩 스 02)323-4180(편집) 02)338-7221(영업)
전자우편 moonji@moonji.com
홈페이지 www.moonji.com

ISBN 89-320-1546-5

문학과지성 시인선 293

불쑥 내민 손

이기성

2004

시인의 말

염천(炎天)을 이고 걷는다.
추억할 만한 슬픔도 없는데
몸의 구멍마다
이상한 울음이 자꾸 쏟아진다.
벗이여,
나는 봉인되고 싶다.

2004년 10월
이기성

불쑥 내민 손

차례

제2부

제3부

제4부

제1부

열정

닳아빠진 구두 밑바닥에 쩔꺽쩔꺽 들러붙는 생이 식당 앞까지 쫓아온다. 주먹만한 돌멩이를 집어던져도 킁킁대며 질기게 따라와 누런 혓바닥으로 딱딱한 내 발꿈치를 핥는다. 나, 누추한 신발 한 짝 잃어버린 적 없고 축축한 불륜의 문장 한 줄 엿본 적 없어도 텅 빈 구내식당 비릿한 공기 속에서 한 그릇 밥에 코를 박고 조금씩 파먹을 때 문득, 억울하다. 움푹한 그릇에 묵묵히 쌓인 어둠 목 언저리 검은 주름으로 깊게 패이고. 유원지에 벗어둔 신발 두 손에 쥐고 하루는 눈 퉁퉁 붓게 울고 하루는 굶어죽는 것에 대해서 열심히 생각하는 동안, 해는 지고 생은 거듭 누추해지고 血稅의 계절은 닥쳐온다. 끈끈한 식탁에 엎드린 등 뒤에서 검푸른 제복을 입은 관리들이 컹컹 짖으며 문을 두드리고 있다.

고독

출근길의 안개 속 검은 아스팔트는 미끄럽게 빛난다. 가스통을 매달고 질주하던 오토바이, 허연 것이 눈앞에서 퍽 튀어오르고 차고 빳빳한 고독은 순식간에 너의 얼굴을 핥고 지나갔다. 찬란하게 쏘아올린 폭죽처럼 너는 천천히 바닥으로 떨어진다. 영문을 알 수 없어 껌벅껌벅 눈꺼풀이 흔들리고, 어두워졌다 다시 밝아지는 시간의 틈새로 쿡쿡 실없는 웃음이 잠깐 비어져나왔던 것도 같은데,

엎질러진 농담처럼 주르륵 흘러내리는 벌건 내장의 육두문자. 입 안 가득 쑤셔박힌 단단한 공기를 뱉어내며 너의 이빨은 맹렬하게 물어뜯는다. 부글거리는 거품 물고 펄쩍 뛰어올랐다간 다리 사이 고개를 처박고 뒹굴며 세계의 음부를 향해 헐떡, 헐떡거린다. 이렇게 둥글고 거대한 지구 위에서 물어뜯을 건 그것밖에 없으므로, 너는 쓸쓸하다.

딱딱해진 풍경의 목덜미엔 이빨이 박히지 않고 차창마다 멍하게 응고된 눈들이 매달려 있다. 오토바이에서 주춤주춤 내린 사내 식어가는 흰 개를 안고 터벅터벅 잿빛 안개 속으로 걸어들어간다. 엉거주춤 정지한 차들 붉은 점멸등 켜고 신의 지문처럼 뭉개진 검붉은 얼룩 위를

질주한다.

마을

나의 마을 둥그런 지평선엔 누런 해가 매달려 있고,
집들과 밀밭 사이의 좁고 휘어진 길 검은 개는 노인을 끌고 사라졌다.
노인은 닳아빠진 금이빨을 손에 꼭 쥐고 있었다.

사소한 교전은 정오에 있었다.
누군가 소각장의 첨탑에 올라갔다.
수백만 볼트의 전기가 그의 발바닥을 통과할 때
TV 앞에 몰려 있던 사람들의 머리통 고독한 공처럼 함께 튀어올랐지만,
이빨 사이에 박혀 있던 까만 수박씨가 탄피처럼 뱉어져 나오고는
모든 게 다시 제자리에 얹혀졌지만,
화면은 지지직지지직 교전 중이었다.
초록의 풀밭에는 열두 개의 다리가 거적을 뒤집어쓰고 나란히 누워 있었다.

어린 군인들은 묵묵히 지나갔고
농부들이 찌그러진 달을 굴리며 지나갔다.
아이들은 밀보다 빨리 자랄 것이다.

이발소에서는 머리카락 뭉치들 누런 부대에 담겨 팔려간다.

사내의 두 발은 피뢰침에 매달려 있다.
가끔씩 목을 죄고 있던 넥타이가 바람에 펄럭거렸으나
슬픔은 아직 널어 말릴 만하고
마을 사람들은 오렌지색 등을 켜 놓은 채

잠이 든다. 누군가 실수로 리모컨을 누르자
발 밑에 뻥 뚫린 구멍으로 불빛들이
모조리 휘돌아 빠져나간다.
지금 마을은 검은 어항처럼 고요하다.

입구

흐린 강 건너던 순환선은 철교 위에 멈추어 있다. 태양이 알전구처럼 꺼진 공중 검은 꽃의 제국처럼 우뚝 처박힌 소각장, 우리는 모두 눈을 떴다. 딱딱하고 육중한 철근의 잎을 훑으며 저녁마다 다리를 건너는 자들은 그가 내뿜는 검은 언어를 깊숙이 들이마신다. 중독된 트럭은 기슭에 무거운 자루를 쏟아놓고 인부들은 구정물 뚝뚝 흐르는 자루를 끝도 없이 쑤셔넣는다. 붕괴를 모르는 초록의 난쟁이들만이 긴 그림자 끌고 깔깔거리며 그곳을 향해 걸어갔으리라. 강 건너 빌딩엔 오렌지빛 등이 켜지고, 잿빛 석회로 막혀 있는 거기서 어떤 흐느낌이 소리 없이 태워지고 있을 때,

검붉은 녹이 철교를 휘감고 그 위에 열차는 멈추어 있는 것이다. 저것이 소각장의 굴뚝이라고 옆에 앉은 비쩍 마른 사내 고개를 파묻으며 천천히 중얼거린다. 구겨진 잿빛 점퍼엔 용접기의 시퍼런 불꽃 튀어 몇 개인가 구멍이 뚫려 있다. 문득 다가와 겨드랑이 깊숙이 손을 찔러 넣는 그림자, 바람도 없는 허공을 건너서 그는 환하게 피어난 검은 입구로 걸어가게 될 것이다. 기름덩이처럼 허옇게 응고된 공포가 그의 얼굴에서 툭 굴러 떨어지고, 이제 우리는 녹슨 철교를 다 건넜다. 식어버린 흐느낌처

럼 뻣뻣한 주먹밥을 하나씩 손에 쥐고 있었다.

열쇠

당신은 열쇠를 깎는 사람이다. 뭉툭하게 잘린 세 개의 손가락 협곡처럼 어두운 세계의 한 귀퉁이를 단호하게 벼려낼 때, 이를테면 세계는 열린 문과 열리지 않는 문, 어떤 섬광과 마찰의 틈새로 발목을 슬그머니 끌어당기는 구멍투성이 문장이다. 그래 흰 대리석 사원이 견고한 이마를 맞대고 선 길고긴 골목에서 당신도 한번쯤 정오의 길 잃은 아이처럼 두리번거리기도 할 것이니. 눈 앞에서 쾅 닫혀버린 문 쨍쨍한 햇빛은 쏟아붓고 당신은 무엇을 들었나. 영원히 들어맞지 않는 틀니처럼 무수히 덜그덕거리는 마찰음 혹은 닳아빠진 하악골을 새어나오는 킥킥대거나 컥컥대는 검은 음절들, 때로 깊숙한 목구멍으로 훌러덩 빨려들어가던 물렁한 혀, 낄낄대는 혓바닥이 감춘 딱딱한 열쇠 혹은 세 개의 손가락. 검은 구멍 속으로 프레스처럼 날 선 언어를 끼워 넣을 때 당신은 어떤 무덤을 열고 있었던 것인지. 수천 톤의 힘으로 미친 듯 당신을 끌어당기는 바람, 그것만이 유일한 증언이다. 대낮의 비좁고 어두운 통로를 미친 듯 달려나오는 아이의 그림자처럼 질긴 탄식을 꼭꼭 걸어 잠그고 있는 당신은,

일요일

요새는 모래로 된 정원을 키우는 게 유행인가 보다. 한때 작은 행운목을 키우는 게 유행한 적이 있긴 했다. 잘린 팔뚝 같은 나무토막에 붉은꽃 매달자 징그러워하며 다투어 쓰레기통에 내다버리더니, 요샌 자는 애들을 깨워 화사한 모래언덕에서 지글지글 고기 굽는 게 유행인가 보다.

헐렁해진 빗장 너머 식은 닭다리와 콜라 얼룩진 검은 모래 깔고 앉았던 신문지 위에서 먼 나라의 폭동은 이십사 시간 안에 진압되고 군청색 경찰들 곤봉으로 납작 엎드린 알몸의 사내들 줄줄이 내리친다. 풀들 초록 페인트를 뒤집어쓰고 엉겨붙어 있는 일요일,

귀가 큼직한 흰 개를 끌고 노인들은 느릿느릿 언덕을 넘어간다. 돌아오지 않는 그들 대신 닫힌 창틈으로 울긋불긋한 모래가 날아와 내 얼굴에 덮일 때 이웃들은 비누거품 흘리며 꺽꺽 트림을 하고 변기의 물을 좌르륵 내린다. 거대한 홍수처럼 모래정원이 통째로 떠내려와 무거운 눈꺼풀에 걸리는 오후,

끈적한 손가락으로 눈가의 졸음 떼어내며 나의 이웃들 돌아온다. 그새 더 무거워진 모래정원을 머리에 이고. 바람 불 때마다 조금씩 희미해지는 얼굴 게으른 하품 벌어진 나의 입으로 보랏빛 모래알들 마구 날려온다. 아, 나는 일요일의 무거운 모래를 씹어본다.

手

지하철 안에서 졸다 눈뜨면 불쑥, 어떤 손이 다가온다. 무거운 고개를 처박고 침 흘리며 졸고 있던 나를 뚫어지게 보며 움푹한 손 내밀고 있는 노파. 창 밖에는 가물가물 빈 등(燈)이 흐르고 헛되이 씹고 또 씹던 질긴 시간을 열차가 거슬러 갈 때, 내가 마신 수천 드럼의 물과 불, 수만 톤의 공기와 밥알들 그리고 보이지 않는 혓바닥으로 무수히 핥아댄 더러운 손. 환멸의 등은 꽃처럼 발등에 떨어지고 움켜쥔 손바닥에서 타오르던 길은 뜨거운 머리카락처럼 헤쳐진다. 살얼음 낀 공중변소 깨진 거울 앞에서 천천히 목을 졸라보던 손, 이제 검은 넥타이는 풀어지고 딱딱한 벽돌처럼 혀는 굳어 있다.

그러니 이 지리멸렬의 세계여, 내민 손을 거두어라. 찌그러진 심장을 움켜쥔 누추한 손을 이제 그만 접어라. 젖은 이마에 등을 켜고 열차가 터널을 빠져나갈 때 천장에 매달린 가죽 손잡이 한꺼번에 흔들리고 세계의 지루한 목구멍이 찬란하게 드러난다. 악착같이 손 내밀고 있는 노파의 구부러진 등 힘껏 떠밀고 나는 어둠으로 꽉 찬 통로를 달려간다. 눈과 귀를 틀어막고 입에 물고 있던 무수한 칼 쨍강쨍강 뱉어내며. 팽팽하게 당겨진 검은 피륙의 시간을 찌익 가르며 열차는 광폭하게 달린다.

동물원

검은 콘크리트 건물 입구에서 누군가 푸른 배추를 안겨준다. 몇 장의 지전(紙錢)과 바꾼 푸른 잎들. 십년 만에 먹으로 그려진 문신(文身)에 푸릇푸릇 수염이 돋기 시작한다고, 누런 이 드러내고 개코원숭이처럼 겨드랑이를 북북 긁는 사내. 그의 엉킨 머리카락 헤쳐보았으나 공단역의 전신주처럼 전단지 덕지덕지 덮인 길은 흔적도 없고 꽃들은 소리 없이 만발하였다. 옆집의 암컷 원숭이 엉덩이를 요란하게 드러내고 네 발로 허공에 매달려 흰꽃 뜯어먹는 여기는 조용한 시절이 한창이다.

번쩍이는 금박 풍선을 쥐고 타박타박 아이들은 걷고 있다. 질질 녹는 아이스크림을 핥는 붉고 탐스러운 혀들. 흰 운동화에 번지는 검은 얼룩 끈끈한 손바닥 비벼대며 붉은 벽돌 길을 돌고돌아 다시 어두운 모퉁이를 지날 때, 문득 마주친다. 뿌연 플라스틱관에 들어앉은 저 낯익은 얼굴, 덜커덩 철문이 닫히고 아이들은 길게 자란 그림자를 끌고 줄지어 쉰내 나는 플라스틱관 속으로 들어간다.

저녁마다 나무에 쿵쿵 몸을 부딪치며 울던 뚱뚱한 사내, 오늘은 누군가 그의 몸을 검은 전선으로 꽁꽁 묶어놓고 거품 같은 흰꽃 잔뜩 매달아 놓았다. 낮잠에서 깬

관리사무소의 노인은 하품을 하며 시커멓게 말라죽은 둥치에 물을 뿌리는데, 혓바닥에서 쓰디쓴 냄새가 올라온다. 때로 누런 비 대신 푸른 지전이 하늘에서 떨어지는 건 이 동물원의 뿌리 깊은 인습이다. 아름다운 인습은 무럭무럭 자라 두꺼운 천장을 뚫고 이렇게 조용한 시절을 뚫는다.

밥

늙은 여자가 밥상 앞에서 징징 울고 있다. 누대(累代)의 찌그러진 밥상 앞에 나를 내려놓고. 검은 무쇠솥 안에선 오래 씹어도 삼켜지지 않는 흰밥이 익어간다. 밥상 위에 혓바닥처럼 길게 늘어진 노을, 오토바이를 타고 질주하던 아이들 온몸에 검은 폭탄을 칭칭 감고 저녁의 밥상 위로 몸을 던진다. 덜 익은 별들이 폭죽처럼 터져 발등으로 떨어지고 나는 살아서 오늘도 한 술의 딱딱한 밥을 씹는다. 뒤늦게 떨어진 별이 빈 밥그릇에 쩔렁쩔렁 부딪칠 때 완강한 기둥만 남은 밥상은 허공으로 떠오르고 저 거대한 기둥에 나를 단단히 용접한 늙은 여자여, 오늘도 나는 불멸의 밥을 씹고 또 씹어 늙은 여자의 입속에 넣어준다.

산책

아름다운 K, 오늘 아침 당신은 발등을 어른대던 그림자를 놓쳤다. 방부처리 기한을 넘긴 건 사소한 부주의였을 뿐. 그러나 놈은 이미 다리를 절뚝이며 오래된 터널을 지나 무쇠다리를 건넜다. 수백 년 전부터 당신은 제국의 아들, 둥그런 탐조등 켜진 거리를 달려간다.

검은 안경 낀 이웃들에겐 골목을 돌아 산책 중이라고 말하고 싶을 테지만, 그들의 미끄러운 망막은 쉴새없이 찍어댈 것이다. 급하게 휘갈긴 서명 위에서 당신은 또 건들거릴 것이고 게으른 손가락과 덜 굳은 변명도 남김없이 기록될 것이다. 그러니 낡은 문장을 더듬거리며 거대한 욕조 속에서 미끄러지던 새벽 훌쩍 집 떠난 검은 사슴은 내 것이 아니라고 어떻게 변명을 할 텐가.

K여, 허공에 매달린 창마다 불쑥 튀어나온 총구처럼 제국은 천 개의 눈을 반복한다. 욕조에 거꾸로 박힌 두 개의 다리가 고독하게 흔들릴 때, 둔탁하게 뭉쳐진 놈의 뿔이 흰 종이처럼 얇아진 당신을 찢으며 힘껏 달려갔던가. 컹컹거리며 개들이 쫓아오고 가속페달을 밟아 어두운 터널 속으로 달려가기 직전 당신은 조금 더듬거렸을지도 모르겠다. 눈부신 백미러 속에서 새하얗게 빛나던 이빨.

지금 검은 사슴 건너간 물에 엎드린 사내처럼 너무도 조용한 당신, 황혼의 욕조 속에서 팅팅 불은 당신의 몸을 건져내며 그들은 간단하게 멸종 이후의 삶을 요약할 것이다. 딱딱한 귓가에 매달린 웃음의 흔적, 손가락마다 찍혀 있는 검은 바코드. 영원히 아름다운 K여, 제국은 당신을 사랑한다.

일식

정류장 한빛은행 번쩍이는 유리문 지나 여자는 휘어진 골목으로 들어선다. 무더기 쌓인 농익은 과일더미 지날 땐 풀어진 살 냄새 입에 끈적끈적 고이고 무거운 가방은 자꾸 어깨를 흘러내린다.

낡은 대문 앞에 서서 가방을 더듬는 여자, 빈 골목 저편 누군가 마주 걸어오고 있다. 깨어진 블록들은 덜컹거리고 열쇠를 찾아 허공을 휘젓는 손가락. 헝클어진 머리카락 얼굴을 뒤덮고 점점 다가와 마침내 목덜미에 쩔꺽, 들러붙는 쉰 목소리. 정수리를 관통하는 초침처럼 어떤 찰나가 지나갔나. 새하얗게 타버린 생의 머리카락을 움켜쥔 노파는 천천히 손을 내밀었다.

골목의 입구는 눈부신 빛 속에 잠겨 있는데 입 안 가득 물컹한 검은 살 뱉어내며 여자는 안간힘으로 녹슨 대문을 밀어젖힌다. 쭈그리고 앉은 여자의 아랫도리에서 참고 참았던 울음 팽팽하게 터져나오고 그 검은 물길 속 주먹만하게 쪼그라진 노파가 흘러가고 있다.

휴일

얇은 공기가 한 꺼풀씩 덮이며 그의 살점을 조금씩 떼어먹고 하늘로 올라간다. 공터에서 공을 차는 사람들, 생선트럭의 비린내 확성기 웅웅거리며 비좁은 방 안에 몰려와 뒤섞인다. 사내는 웅크리고 자고 있다. 눈가의 주름과 자잘한 숨구멍들 천천히 열리고 닫히며, 손가락을 빨면서 꿈을 꾸는가, 웃다가 찡그리다가 천천히 낡아가는 大地의 얼굴처럼 니코틴에 찌든 사내의 손가락과 발가락이 쪼그라들고 있다. 창 밖에선 허공을 찌르는 한낮의 환호성, 뻥 뻥 차올린 흰 공들 획획 솟구친다. 켜놓은 텔레비전에선 쩍 벌어진 뱀의 입 속으로 어린 짐승이 소리도 없이 빨려들어가고, 소용돌이가 가라앉자 강은 다시 조용해진다. 사내의 이마에 한 줄 깊은 금을 그어놓고, 공기의 입술들이 사내의 딱딱한 표정을 조금씩 베어 물고 있다. 생선트럭은 구정물을 줄줄 흘리며 떠나고 그의 입 속에 갇혀 있던 냄새가 조금씩 새어나간다. 사내의 방을 삼킨 흰 뱀 허공 속으로 스르르 사라진다.

제야

누가 피리를 불며 이 고요한 밤을 지키고 있나. 붉고 푸른 전구꽃 점점燈 달고 선 나무들 사이 은회색 물고기들 쓰러져 있네. 트럭이 줄지어 도시를 빠져나가고 빌딩 불 켜진 창문에서 검은 물이 줄줄 흘러내린다. 나무들 검게 젖어 떠 있는 진창에 허연 배를 대고 누운 물고기들. 덮어 쓴 신문지 아래 다섯 개의 발가락이 삐죽 드러나고 둥그렇게 떠진 눈, 얼어붙은 목구멍 타고 흘러나온 입김 다 녹아버리고 겨드랑이에서 물컹물컹 쏟아지는 땀과 오줌의 냄새, 굴욕의 비늘은 흩어지네. 고요한 밤 첨벙거리며 검은 장화를 신은 사내 길바닥에 쓰러져 있는 은회색 물고기들 트럭에 던져올린다. 지퍼가 채워지기 전 깊은 목구멍이 마지막으로 뱉어내는 피리소리. 붉고 푸른 전구꽃 허공에 번질 때 검은 휘장을 친 트럭 질척이는 도시를 조용히 빠져나가고, 누가 피리를 불며 이렇게 미끄러운 밤을 지키고 있나.

누에가 노래한다

그 사내는 비린 구름을 너무 오래 이고 온 것 같았다. 늘어진 발바닥 땅에 끈적끈적 들러붙는 잠에서 깨면 온몸에 수천 개 짧은 발들 솜털처럼 흔들린다. 세상을 소요하는 머리 흰 늙은이들 혀를 차고, 일찍 방생된 어린 자라들 딱딱한 얼굴을 뒤집어쓰고 진창에서 뒹굴 때, 말하자면 뜬구름 같은 걸 머리에 이고서 사내가 어기적어기적 저녁 노을 속으로 기어들어간 뒤 얘기는 끝났어야 했다.

그러나 흔하디흔한 얘기의 끝자락을 실처럼 입에 물고 사내는 세상의 골목을 누빈다. 시장바닥을 돌며 구름의 노래방이 된다. 누가 귀를 기울일 것인가마는 밥 빌어먹는 노인들 빈 그릇 위로 번지는 구름. 새하얀 머리카락 같은 비단실 칭칭 감고 사내가 검은 아스팔트 위에 배를 대고 기어가는데 그가 흘리고 간 흔적마다 수천 개의 발들이 필사적으로 구름의 노래를 운반한다. 구정물 진창에 훌떡 뒤집혀진 자라의 눈이 벌겋게 물드는 저녁, 비린 구름 하나가 저렇게 흘러가는 것이다.

모란시장에서

내가 만났던 몇 장의 검은 구름을 끌고 구불텅거리는 길 돌아온다. 찐득한 누린내 가득 고여 있는 골목, 가래침 뱉으며 시커먼 고무장화 신은 사내가 철창 앞에 서면, 화들짝 벌어지며 경련하는 눈, 눈동자들. 허연 이빨 드러내며 필사적으로 으르렁대던 것도 잠깐, 사내의 핏발 선 눈과 딱 마주치자 개들, 빈 밥그릇에 눈길 뚝 떨구며 문득 고요해지는 것이다. 마른 절벽처럼 갈라진 정적의 틈새 그들이 마지막 본 것은 비릿한 공포가 아니라고 말해준 건 노점판에 엎드린 늙은 구름. 광대뼈 불거진 그의 비틀린 입가엔 거품 말라붙고, 하긴 누린내 속 어슬렁거리던 개들이 다리 사이에서 벌겋게 부풀어오른 꽃을 피우기도 했으리라. 나도 덩달아 붉은꽃 피는 몇 개의 풍경 지나 빈 저녁 떠도는 누린내 속 돌아온다. 목덜미에 축 늘어진 지루한 시간들 여태 좁은 진창에 뒹굴고 있다.

복수

소매 사이로 무언가 늘어져 있다. 무엇을 끌어당기고 싶은 듯. 끈끈하게 흘러내리는 안개 속에서 지상의 붉은 주점들은 흐린 등을 내걸고 골목 가득 채운 뿌연 연기 고기 타는 누린내. 헛기침하며 모퉁이를 돌 때 어둠 속에서 그를 획, 끌어당긴다. 서늘하고 날카롭고 재빠른 그것. 순식간에 무릎을 꺾는 사내, 허옇게 굳은 손이 흐릿한 허공을 움켜쥐었던 것도 같다. 애들이 목 매달은 고양이 가지 사이에서 흔들리고 주점에서 흘러나온 탁한 노래는 길바닥에 흥건하다. 먼 길을 흘러온 피 냄새 목덜미를 적시고 흰 셔츠에 툭툭 떨어진다. 일어선 사내는 웅덩이처럼 패인 가슴의 구멍에 흰 수건 틀어막고 서류가방을 주워들고는 천천히 골목을 벗어난다. 먼 곳에서 막 돌아온 듯 벌써 넥타이를 고쳐 매고 있다. 날카롭게 도려진 심장이 나무상자 속에서 뻣뻣하게 굳어갈 때, 앙상한 소매 사이 서늘한 무엇인가 삐죽, 튀어나와 있다.

소행성 에로스에 대하여

너는 에로스에서 태어났다 아기야, 너는 물과 불과 네 어미의 빛이 낳은 자식. 반지하의 셋방에서 어미의 몸이 썩는 더러운 공기를 마시며 걸음마를 배운다. 더듬더듬 옹알이를 뱉으며 창 틈으로 들어온 햇빛을 따라 휘청휘청 걷는다. 나비처럼 한줌에 잡힐 듯한 햇빛 자꾸 달아나고 속주머니에 꽁꽁 숨겼던 네 어미의 빛이 썩는 냄새. 지울 수 없는 그 냄새가 너의 양수다, 그리운 탯줄이다, 아기야. 악취는 천천히 문틈으로 새어나가 이웃을 부르고 낯설고 무뚝뚝한 이웃들 도끼로 문 때려부술 때, 한줌 쇠냄새 나는 퍼런 공기 두 눈을 찌르고 두 살배기 아기는, 욕지기를 하며 울음을 터뜨린다. 얼굴 없는 어미의 빛 받으러 달려온 허공의 검은 별자리, 컴컴한 방에서 울퉁불퉁한 얼굴처럼 껴입고 늙어갈 때 아기야, 먼지뿐인 너의 별 에로스는 천공에서 너를 기다린다.

홍수

환하게 불 켜진 지하도 바삐 지나는 자들은 몰랐으리라,
굳게 닫힌 눈 속에 저토록 흉폭한 짐승이 자라고 있다는 것을.
육중한 기둥 밑에 쓰러져 누운 헐렁한 몸피
누군가 슬몃 건드리자 꿈틀꿈틀 움직이기 시작한다.
검은 기름때 찐득하게 배인 거대한 몸
소리 없이 일으켜 스르르 흘러나온다.
어,어, 하품 벌어지던 두꺼운 입술 채 다물어지지 못한 채
휩쓸려가고, 허옇게 굳은 팔뚝 둥둥 떠가고
남의 눈 피해 살진 생의 엉덩이를 탐하던
퉁퉁한 손가락들 뒤섞이고 뭉개지며 흘러간다.
인광의 눈알 싸늘히 빛내며 사원에 숨겨진
공명통을 울리듯 서서히 퍼져가는 누린 냄새
지하도 귀퉁이에 웅크린 그를 깨우지 않으려고
힐끔힐끔 다리를 건너가던 자들
닳아빠진 가죽 지갑 홀러덩 벌어진 채로
웃을 때마다 번쩍거리던 금니
안간힘으로 바닥 뒤집어보던 지루한 문장이

부딪치며 휩쓸리며 떠내려간다.
열두 개의 창문을 매단 열차 통째로 덜컹거리고
신문지 덮고 누운 헐렁한 육체에서
밑도끝도없이 흘러나오는 저 집요한 냄새
따스한 국밥과 불멸의 굴욕을 떠먹여 우리가 키운 검은 짐승.
어두운 사원을 채운 검은 냄새에 경배하라, 세계여.
코를 움켜쥐어도 숨길 수 없는
누구도 거부할 수 없는 저 이글거리는 손이
그대의 늘어진 목덜미 차갑게 어루만질 때
그토록 고요하게 포효하는 악취.
사원의 석회기둥을 끌어안고 세차게 굽이치는,

제2부

달

허공의 계단에 엎드린 달 누렇게 변색된 얼굴 위로 딱딱한 어둠 덮인다. 허리를 꼬부리고 늙은 사내 그 달에 매달려 쭈글거리는 젖가슴을 빨고 있다. 보이지 않는 손가락 허옇게 엉킨 머리를 쓰다듬어주는 척 그의 안구를 쏙 뽑아간다. 계단이 허공으로 빙빙 돌며 사라지고 쏟아지는,

달빛 속에서 눈알을 기증 받은 처녀는 더러운 시립병원 보호소에서 쭈글쭈글한 아이를 낳는다. 출생신고서에 찍힌 붉은 지장처럼 이마에 달빛 꾹 눌러주고는 어두운 지하도에서 슬며시 손 놓아버린다. 두 개의 눈알을 꼭 쥐고 텅 빈 눈을 자꾸 비비는 아이,

검은 양수 터져 줄줄 흐르는 듯 눈 속으로 자꾸 쏟아져 들어오는 먹물. 마지막 열차는 떠나고 먼지 낀 거울 앞에서 마주친 늙은 사내와 아이, 붉은 눈알을 한 짝씩 나누어 달고 컴컴한 지하도를 헤엄치기 시작한다. 누군가 하모니카 불며 허공의 계단을 올라가고 있다.

늪

하루의 노동이 은박지로 만든 달을 하나씩 나누어줄 때, 검은 빌딩에 둘러싸인 늪 고여 있던 냄새 흐린 대기를 채우고 등불이 천천히 늪가에 모인 자들의 얼굴을 붉게 비춘다.

기다란 혀를 꺼내어 입가의 흔적 닦아내는 싸늘한 짐승처럼 늪은 눈동자를 말끔히 비우고 있다. 그러니 누가 알 수 있겠나. 조용히 입 벌린 늪에선 울부짖는 소리 같은 것 새나오지 않고, 심야를 질주하는 택시 헤드라이트 불빛은 그의 심장을 비추지 못하는데. 길가에 뒹구는 쓰레기처럼 단단히 봉합한 채 늪 속에 던져 넣고 그의 헌 구두를 누가 신고 가버렸는지.

아침이면 감쪽같은 얼굴 두 손의 핏자국을 핥아내며 넥타이 매고 지하철역으로 달려가는 그들. 등에 커다랗게 구멍 뚫린 늪을 누구도 보지 못하고 소매에 남은 희미한 얼룩, 어젯밤에도 누군가 늪의 심장을 향해 차갑게 걸어갔을 것이다.

장미원

아주 오래 전 이곳은 장미의 정원이 있었던 곳. 진홍빛 꽃잎 한 장 들추고 그리로 들어간 여자애는 아직 돌아오지 않는다. 등(燈)을 켜자 하루살이 떼 새까맣게 눈으로 몰려들고 삽자루를 쥔 사내들은 코를 막고 달아났다. 퍼런 입술 검은 흙을 털어내고 치맛자락을 들추자 너무도 오래 전의 냄새가 천천히 흘러나온다. 까맣게 탄 혓바닥을 한 장 뜯어내고 여자애는 허공의 그네 위에서 발을 구른다. 굳어버린 눈꺼풀 속 숨었던 별들이 흰나비 떼처럼 쏟아지고 아득아득 씹히는 새파란 별들, 여자애는 자꾸 발을 구른다. 낡은 주름 스커트가 활짝 펼쳐지며 펄럭이고 베어 문 이빨자국 아직도 남아 있는 별들 휙휙 바람소리를 내며 찢어진 꽃잎 속으로 들어간다. 오래 전 이곳은 장미의 정원, 꽃잎의 그늘 겹겹마다 사라진 아이들이 숨어 있는 곳.

물

등이 휘어진 별자리를 알고 있다. 나는 그녀에 대해 생각한다. 난폭하고 은밀하며 냉담한 혓바닥이 핥고 지나간 길, 이를테면 그녀는 물의 운명을 살았다는 것. 눈을 뜨면 환한 것을 찾아 흐르고 단단한 것 만나면 숨을 멈추고 스며야 했다. 도시의 미끈거리는 성벽을 관통하는 통로들, 지하의 거대한 기둥에 박힌 검은 이빨, 사방이 붉고 노란 횡단보도들, 꿈틀거리는 물의 식욕과 찌꺼기로 연명하며 때없이 터지고 폭탄처럼 찢겨지던 늙은 입술의 시간. 검은 기름 둥둥 뜬 물 속에 살고 있는 흰뼈 물고기처럼 가슴 안쪽 둥그런 바늘이 박혀 벌렁거리는 밤, 지상의 단단한 것들이 움켜쥔 시간의 틈은 천천히 헐거워진다. 기름덩이 엉겨붙은 별자리를 기억하기 위해 그르륵거리는 맨홀처럼 나는 더 오래 물을 삼키고 있어야 했나. 저녁이면 시큼한 쓰레기더미 한 움큼 잿빛 머리카락이 둥둥 떠 있고 그녀의 퉁퉁 부은 발목을 쓰윽 끌어당기는, 거무득한 심장 가까운 곳에서 켜졌다 사라지는 마지막 별자리. 말라붙은 허벅지에 드러난 푸릇한 힘줄은 물이 흘렀던 먼 길을 모두 기억한다.

흰벽 속으로

통로의 저편 감시 카메라 둥그런 눈이 두리번거리며 허공을 빨아당기기 시작할 때, 흰 페인트로 칠해진 광막한 시간이 펄럭이고 아, 나는 황홀한 아이였군요. 훔친 사탕을 움켜쥐고 비좁은 통로를 마구 내달리던 나는,

검은 미역처럼 미끌거리는 시간이 귓속을 흘러가고, 거대한 손아귀 따라와 머리채를 휘어잡을 듯한데. 검은 스커트 휘날리며 나는 마구 달리고 있었군요. 힐끔거리며 비켜서는 저 벽은 비극적인 텍스트처럼 잔뜩 굳어 있고요.

젖은 비린내는 브래지어 속까지 따라오고, 지금 내 혓바닥 위에서 천천히 녹고 있는 건 어떤 기억의 순간인가요. 나는 시간의 주름을 활짝 펼쳤죠. 빨강 보라 주황의 투명한 사탕들이 좌르륵 바닥에 흩어지고,

이렇게 달고 끈끈한 시간이 녹아내리는 동안, 벌건 손자국이 찍힌 뺨 위로 카메라는 스르르 돌아가고. 차가운 손은 조용히 스커트를 들추고 저, 저, 흰벽은 아득히 멀어지는데……

축제

을지로입구역 검은 구멍을 막 빠져나가는 열차 안에서 사내가 훌러덩 껴입었던 옷을 벗어던지는 순간, 손가락 빨며 졸던 사람들 휘둥그레 목을 빼고 일제히 킁킁거린다. 바닥에 털퍽 주저앉은 여자는 눈곱 낀 눈알을 뽑아 어둠의 외투 속에 감추었지만, 입구를 틀어쥐고 있던 비닐봉지처럼 팽팽하게 부풀어 킥킥대며 터져나오는 숨소리.

봉분처럼 부풀어오른 둥그런 배 천천히 흘러내린 탄식은 헐렁한 바지를 적시고. 목이 달아난 채 삶아진 닭처럼 사타구니에 응고된 누런 기름의 시간 거슬러 거무스름한 꽃처럼 매달린 배꼽이 한 무더기 노숙의 한시절 지독하게 피워 올렸을 때, 완강하게 닫힌 지퍼처럼 검은 레일은 어떤 모반의 풍경을 봉합하는가.

두꺼운 외투 속을 뒹굴던 눈알은 아직도 독하고 질긴 구린내를 탐하고 종착역에 도착하기도 전에 완성되어버린 생의 순환선은 차가운 레일 위를 달리고 또 달린다. 홀로 저 깊은 배꼽 속으로 들어가 웅크린 사내. 신고를 받은 공안원들이 달려와 발버둥치는 사내를 질질 끌고 간다.

연등

망가져버린 분홍빛 심장을 들고 나는 거기 서 있었네. 도시의 지하에서 딱딱한 얼굴들 하나씩 등을 켜들고 걸어나오는 저녁, 다리 위를 흘러가는 紅燈의 행렬은 끝도 없고 반쯤 녹아내린 내 얼굴이 보이네. 잿빛 구름은 아직 고압선 위를 배회하고 있는데, 공원의 나무들이 그렇게 조용한 것을 나는 처음 보았네.

商店의 불빛은 환하고 어두운 강은 소멸하는 자들의 비명을 듣지 못하는데 공중에서 막대기처럼 덜렁거리던 다리 사이로 달은 천천히 떨어져내렸네. 지하를 달리던 백만 볼트의 전류처럼 푸르고 뜨거운 얼굴을 움켜쥔 손바닥. 달이 빠져나간 빈 구멍에서 거꾸로 흘러나오던 빛, 손을 내밀자 그것은 차가운 밤의 언어처럼 멀고먼 눈물처럼 흘러내렸네.

이렇게 환하고 푸른 오늘 밤은 우리가 꾸는 길고긴 꿈 혓바닥에서 차게 빛나고, 헛것처럼 무쇠다리를 건너는 검은 얼굴들 틈에 나도 슬쩍 끼어 흘러가네. 이미 망가져버린 분홍빛 심장을 들고 반쯤 녹아내린 밤의 언어 속으로.

나팔

푸른 언덕 아래 공장은 거대한 귀를 가졌네. 검은 굴뚝 무거운 구름을 컥컥 뱉어낼 때 누런 황금의 해는 떠오르고, 아침마다 아비의 빈 구두에서 나팔소리는 들렸네. 허물어진 담벼락에 집 짓는 늙은 거미처럼 사내들 줄지어 언덕을 내려와 공장의 입구로 들어가고, 새들은 컴컴한 웅덩이 닿을 듯 날아가네. 먹구름 뭉글뭉글 굴뚝 안에서는 무엇이 태워지고 있나. 흔들리는 육교 나팔의 꽃은 삐걱거리는 목발을 칭칭 감고 피어올랐네.

검은 산처럼 쌓인 구두 갑자기 해는 떨어지고 잿빛 하늘 한 조각이 툭 끊어지네. 낡은 구두 한 짝을 물고 어린 새들 굴뚝 밑으로 돌아오는 저녁. 벌겋게 녹슨 아비의 얼굴에서 뜨거운 촛농은 흘러내렸네. 거미들 소란을 뚝 그치고 새들은 고개를 파묻고 창백한 아이들은 더듬더듬 숨을 곳을 찾네. 웅덩이는 입을 굳게 다물고 세상의 모든 귀는 촛농으로 단단하게 봉인이 되어 있는데 청동의 나팔소리 검은 구름이 후루룩 삼키네.

미궁

그는 우리 마을에 열두 마리의 먹갈치를 팔러 온 장사꾼이었을 뿐이죠. 아파트 입구에서 털털거리던 트럭 검은 비린내. 거세되어 짖지도 못하는 개들이 킁킁거리며 철문을 긁어대고 컥컥 쇳소리 빈 쇠파이프를 울리며 끓고 있는 팔월.

어두운 벽 속으로 사람들 사라지고, 공중전화 부스 옆에 세워진 트럭 침을 묻혀가며 하나씩 번호판 누르는 손가락. 빳빳한 목덜미가 꿈틀거리기 시작할 때 유리부스 틈 새어나온 울음은 맨홀 속으로 주르륵 빨려들어가고. 구불거리는 전화선을 꼭 말아 쥐고 웅크린 사내 문득 어매야어매야 쉰 소리로 울면서 먹갈치처럼 길게 허공을 날아가는 저녁.

아파트의 푸른 유리창마다 태양이 펄펄 끓고 있는 팔월, 지금은 아무도 울지 않는 저녁. 개들은 미친 듯 철문을 긁어대고 물고기를 뜯어먹는 손가락들은 푸른 팔월의 저녁을 경배하죠.

만남

오렌지의 3호선과 블루의 4호선이 만나고 갈라지는 지하도 쩍쩍 금 간 벽 형광판의 여자는 다리를 벌리고 서서 배경의 사막을 바라보고 있다. 불룩한 가슴 뒤로 녹슨 지평선 쪼그리고 앉아 쉬어빠진 모래를 웅얼웅얼 씹고 있는 노인, 누렇게 녹아내리는 코 닳아버린 발목이 반쯤 파묻히고 있다.

일회용 칫솔과 전단지 가득 찬 가방을 메고 즉석복권을 긁던 청년이 느닷없이, 여자의 뺨을 후려친다. 핏물 확 번지는 지평선 푸르르 떨리는 형광판. 어두운 사막에 가래침을 탁 뱉으며 막차를 타러 뛰어가는 청년의 발끝에 부딪혀 바짝 마른 人骨이 튀어나온다. 텅, 텅 계단 울리며 아득히 굴러 떨어지는 소리.

사람을 잡아먹는다는 붉은 모래가 여자의 다리 사이로 스르르 흘러내리고 여자는 검푸른 하늘 한 귀퉁이 부욱 찢어 노인의 식은 얼굴을 덮는다. 오렌지의 3호선과 블루의 4호선이 그르렁대는 사막을 하염없이 끌고 간다.

구름의 창

아무것도 기억할 수 없다. 푸른 페인트로 구름의 창이라고 쓴 카페의 창가에 여자가 앉아 있었을 뿐이다. 겨울 저녁 어둑한 구름 속에서 여자는 고개를 수그리고 뜨개질을 한다. 가느다란 손가락 사이로 진코발트빛 털실을 감아올리며, 오른손이 급하게 저녁의 한 끝을 끌어당긴다.

물이 가장자리부터 얼어붙듯 고통은 서서히 여자에게로 좁혀들었다. 어둠은 물의 깊숙한 중심에서 흘러나오고, 검은 눈동자처럼 얼어붙은 물이 기억하는 건 여자의 길고 차가운 머리카락, 필사적으로 움직이던 흰 손가락. 털실이 툭, 끊어지고 꺼져가는 목탄난로의 불빛이 여자의 옆얼굴을 뜨겁게 비추었을 뿐이다. 창 밖으로 몇 대의 자동차가 빠르게 지나가고 젖은 구름 속 코발트빛 털실뭉치는 스르르 풀려간다.

낡은 페인트 목조기둥 늙은 암코양이 훌쩍 올라앉아 꺄르륵 입을 벌리고 운다. 시뻘건 목젖이 활짝 드러나고 겨울 저녁의 물은 천천히 얼어간다. 그 속으로 가라앉은 구름 한 덩이, 아무도 기억할 수 없다. 구름의 창은 금세 닫힌다.

신촌에서 원숭이를 보았네

어두운 구름장을 지고 사람들은 빨리 걸었네. 거리엔 알 수 없는 노래 쿵쿵 흐르고 값싼 기름 냄새 떠다니는 황홀한 저녁. 꽉 막힌 차도에서 사내들은 경적을 울려대고 어린 여자들은 꽃을 사네.

은행나무 아래 쭈그리고 앉은 저 떠돌이 여자, 황톳빛 얼굴 검붉은 입술 옆 퍼런 비닐끈에 묶여 있는 그를 한눈에 알아보았네. 둥그런 가죽을 뒤집어쓰고 라면상자 속에 쭈그리고 앉아 손톱을 물어뜯는 늙은 원숭이. 꽃은 시들고 허옇게 벗겨진 머리 유랑의 시간을 조금씩 뜯어먹으며 여기까지 흘러왔네. 헝클어진 길을 꼭 쥐고 있는 새까만 손바닥 휘둥그레 거리를 휘둘러보는 눈. 누군가 차가운 손을 내밀었나, 허공의 젖꼭지를 붙들려 필사적으로 달려드는 검은 원숭이.

그 불길하고 추악한 허기가 들러붙을까 구경꾼들 화들짝 놀라 흩어지고 거리엔 아직도 알 수 없는 노래가 쿵쿵 흘렀네. 사내들 침을 뱉으며 경적을 울려대고 어린 여자들은 붉은 꽃을 사고, 그 꽃으로 누군가의 뺨을 후려치는 저녁이 또 오고 있네.

2월

저녁의 천변 웅크렸던 새들 부우연 허공 속으로 날아갔어. 구정물과 밥찌꺼기 얼어붙은 물을 지나 여자애는 녹슨 자전거를 타고 천변을 돌고 있어. 포클레인 그림자에 찔리며 차갑게 굳은 뺨 여자애는 지루했어.

가파른 철책 낮은 웅덩이에서 잿빛 안개 자욱하게 몰려오고 저녁의 푸른 오리들은 모두 사라졌어. 몇 개의 깃털 환난처럼 발 밑에 흩어지고 검은 장화를 신은 인부들 서둘러 빠져나갈 때,

천변을 둥글게 돌던 자전거 먼 나라의 풍경처럼 여자애는 얼어붙은 물 속에 잠겨 있어. 뭉쳐진 머리카락이 흔들리고 살얼음 살색 스타킹 벗겨진 종아리를 적시고 구정물은 다리 사이로 유장하게 흘러갔어.

오, 그날의 저녁은 녹슨 잿빛의 천변, 얼어붙은 물의 한가운데 손톱보다 작은 구멍에선 첫 눈물이 조용히 흘러나오고 있었어.

저녁식사

저녁 텅 빈 식탁 앞에 앉아 생각한다.
내 그믐의 식탁을 지나간 이들,

차가운 벽장에서 마른 거미처럼 기어나와 허물어진 담장을 더듬더듬 걸어가던 이, 망설이는 내 손을 끌어 동백의 붉은 젖가슴 만지게 해주던 이, 게걸스레 접시 바닥을 핥던 혓바닥과 겨울 숲의 냉기를 품고 타 들어간 흔적을 더듬던 이, 그는 몇 대의 자동차에 불을 질렀고 불의 문신을 새긴 채 그을린 나무가 쓰러졌는데, 따지고 보면 오동나무로 만든 이 식탁조차 그의 오랜 분신이었을 터. 마지막까지 파닥이던 심장을 은접시에 꺼내어 내밀던 손, 머릿속의 금광을 긁어대던 피 묻은 손톱, 뒤뚱거리며 들어와선 조용히 앉았다 간 이, 그의 시체는 먼 나라의 국경에서 발견되었다. 불타는 식욕을 지우며 밤낮으로 뼈와 살을 발라낸 이들, 냉혹한 시간의 자식들. 움푹한 늑골 사이로 시커먼 고양이처럼 줄지어 내려온다.

빈 밥그릇 속에서
하염없이 촛불 타오르고
촛불이 다 삼켜버린 그들

불빛을 타고 일렁이며
허공에서 내려온다.

불운

어두운 창밖 붉은 라이트를 켜고 미끄러운 길을 질주하는 차들. 문득 뻣뻣한 팔뚝에 손톱만한 비늘이 돋고, 느닷없이 살갗에 번져나오는 불운의 빛깔은 푸르기만 하다. 무거운 눈꺼풀을 뒤집어보고 온몸을 샅샅이 뒤져도 알 수 없는 검푸른 빛의 내력. 지나가는 미열이거나 잘못 스친 손바닥의 흔적이겠지, 낡은 서류가방을 옆구리에 끼고 비상계단에 앉아 그는 중얼거린다. 꿈틀꿈틀 말라붙은 흔적 심심하게 핥다가 손톱으로 긁어보다가 먼지 쌓인 서류뭉치에 툭툭 떨어지는 비늘조각. 어느 먼 곳에서 온 냄새일까, 둥그런 눈을 바짝 들이민다. 검은 비늘에 고인 시간 얼룩처럼 찌그러진 얼굴을 비춘다. 벌겋게 부풀어오른 혀, 파뿌리처럼 말라비틀어진 머리카락 한 뭉텅이 뽑혀나오고 옆구리에 뚫린 구멍으로 삐걱거리며 젖은 공기가 빠져나간다. 밤의 고속도로엔 링거줄 매단 채 물의 냄새를 찾아 떠가는 검은 차들의 행렬이 미끄러진다.

동물원 2

검푸른 페인트로 그려진 낡은 초원에도 꽃은 피었군요. 누런 먼지와 모래 바람 다 지나간 콘크리트 그늘 플라스틱 꽃잎에서 누진한 냄새 흘러내리는 저녁. 녹슨 철근을 매장한 초원에 박하분처럼 달빛 쏟아지고, 둥그렇게 휘어진 길 위에서 당신은 갈라진 뿔처럼 뭉툭한 두 개의 영혼을 번갈아 핥고 있군요.

문득 부르르 떨리며 두꺼운 저녁을 무너뜨리는 방뇨, 헛것처럼 밀려나오는 환한 냄새로 초원의 한 귀퉁이는 벌써 흥건하게 무너져 내렸는데요. 유실된 길에 검게 패인 발자국 창백한 군인들은 기침을 하며 야간수색을 떠나고,

토우처럼 검은 둥치에 고개를 처박고 얼룩덜룩 페인트자국을 핥는 당신. 어둑한 방 안에 방석만한 똥을 쏟아내고 쩌억 하품을 하며 우리는 多情하게 늙어갈 것입니다만, 탐조등 환하게 켜진 낡은 초원에서 마른 꽃잎 한 장씩 뜯어내는 저녁은 한없이 넓어집니다.

부엌

끈끈한 비 내리고 붉은 휘장 쳐 놓은 방은 희미하게 떠 있다. 사내는 색 바랜 녹색의 벨벳 의자에 푹 파묻혀 있다. 숨을 내쉴 때마다 젖은 공기는 허물어질 듯 파동 친다. 한쪽 벽 좁은 수조 바닥에 가라앉아 붉은 실내를 내다보는 물고기, 심해의 희푸른 숨소리 희미하게 흘러나온다.

불룩한 배 위에 포개져 있는 끈끈한 손, 두툼하고 질긴 육질의 밤을 도려내던 칼은 의자 아래 놓여 있다. 무쇠솥에선 막 가라앉은 꿈틀거림이 흰 김으로 천천히 흘러나오고 검은 살의 기억을 지나온 칼처럼 사내는 고요히 바라보고 있다.

붉은 휘장이 쳐진 방 푸르스름한 수조의 바닥에 고여 있는 시간. 끈끈한 점액처럼 비는 계속 내리고 검은 향초(香草)와 함께 토막난 기억은 곧 끓어 넘칠 것이다. 사내는 불사의 향료를 한줌 던져 넣는다. 무쇠솥은 소용돌이를 삼키며 끓어오른다.

어떤 풍경

골목의 입구 늦은 오후의 햇빛이 끈적하게 흐른다.
낡은 검정 구두 한 짝 헐레벌떡 물어뜯고 있는 늙은 개 한 마리.
한 발자국씩 녹슨 철로 위를 걸어온 누군가
마지막 한숨인 듯 떨구고 간 구두의 벌어진 입
다섯 개의 발가락들이 나란히 누웠던
무덤처럼 깊고 아늑해 보이기까지 한다.
늙은 개의 콧등 진땀이 축축하고
눈곱 말라붙은 엉성한 눈썹 지루하게
휘감기는 햇빛 부옇게 흐려지는 눈
가래와 오물이 얼룩지고 굽마다 먼지 낀,
씹다 버린 세월이 꺼멓게 들러붙어 있는
구두의 밑창을 개는 핥아보고 또 핥아본다.
마지막까지 벗어던질 수 없었던
검은 냄새 끈끈하게 구두 밖으로 흘러나오고
생의 가장 낮은 곳 두드리다 온 헐렁한 바람이 지나갈 때
윤기 없는 누런 털들이 부스스 일어났다가
앙상하게 드러난 등뼈 위에 도로 주저앉는다.
그러나 아직 단단한 몇 개의 이빨 사이

허연 침 흐르고 개는 헐떡거리며 기다란 혀를
꺼내어 뜨겁게 핥고 있다.
닳고닳아 지나온 길의
흔적마저 이제는 기억할 수 없는
낡아버린 구두의 밑창.
헐어빠진 검붉은 항문이 다 드러나도록
꼬리를 치켜들고 낡은 구두짝 힘겹게 물어뜯고 있는
것이다.

골목

햇빛을 꽉 물고 있는 골목의 반은 컴컴하다. 휘익——휘파람 불며 중국집 배달 자전거는 달려오는데 약국의 먼지 낀 유리문 안에서 지루한 하품을 하는 여자, 힘껏 벌어진 입 속으로 헝클어진 모래와 놋쇠 숟가락, 벽돌로 쌓은 담이 후루룩 빨려들어가고. 얼굴 한쪽이 일그러졌다 천천히 펴지는 순간 악, 벌어진 입을 다물 수 없다!

금간 담벼락에 금잔화 하늘거리는 한낮. 늙은 기계공 박카스 노란 액체를 쿨럭쿨럭 삼키고 뿌연 골목을 돌아설 때 거기 커다랗게 벌어진 목구멍과 딱 마주치는 것. 끈끈한 물이 배어나오는 눈꺼풀 속으로 녹슨 자전거 아득히 달려오는 봄날,

신문지로 덮인 빈 접시 가장자리 꺼멓게 말라붙은 시간을 흰 손톱으로 밀어내며 여자는 울고 있다. 골목의 반은 컴컴하게 비어 있고 검게 벌어진 목구멍에 노랗게 흔들리는 한 장의 꽃잎.

제3부

소풍

흰꽃 핀 나무 아래 아기는 잠을 자고 요람은 무쇠솥처럼 뜨겁다. 검은 스커트처럼 펼쳐진 허공 해와 달은 쏟아질 듯 푸르스름하고 가지 위에 단단히 고여 있는 구름.

검은 각목의 울타리는 아직 튼튼하단다. 얘야, 아무도 너를 훔쳐가지 못하리. 여자의 차가운 손이 수천 겹 주름진 허공의 뺨을 어루만진다. 먼지투성이 탯줄 끌고 가는 저녁의 어깨를 물어뜯는 흰 이빨. 검은 시절의 문장은 블록처럼 단단하단다. 얘야, 아무도 너를 읽을 수 없으리.

흰 꽃나무 아래 재(灰)의 구름, 흰빛과 검은빛은 휘어져 교차하고 더듬더듬 허공을 걸어 잠그는 손가락. 시멘트 바닥에 질질 끌고 온 붉은 탯줄의 흔적은 나무 아래 멈춰 있다. 검은 목구멍에서 쏟아져 나온 흰꽃들. 아기는 손가락을 빨며 쪼그라들고 찢어진 스커트 자락은 텅 빈 요람을 덮는다.

고독 2

유원지 붉은 담벼락에 걸어놓은 목구멍 속으로 흰꽃 한 무더기 떨어지는 오후. 검은 猩猩이, 딱딱한 턱은 힘껏 벌어져 미끈거리는 시간이 흘러나오는군요. 당신이 지나온 모든 터널은 뜨거운 입구를 가지고 있었으므로 당신은 깜빡 졸기도 하였는데요, 그러니 누가 알겠어요. 혓바닥 길게 빼물고 네 개의 앙상한 다리가 지워지다 만 초록의 들판을 꽉 붙들고 있는 줄.

지상의 아이들은 유원지의 담을 돌아 벽돌공장으로 가고, 완강하게 벌어진 플라스틱 턱이 아직 제자리로 돌아가자 못한 지금은 오후 네시, 누런 침을 흘리며 벤치에 앉아 졸고 있는 早老의 사내 등 뒤에서 터널처럼 입을 쩍 벌리고 다가가는 당신은, 쓸쓸한 검은 猩猩이. 검고 뭉툭한 이빨은 아직도 미지근한 풍경의 귀퉁이를 꽉 물고 있군요.

소풍 2

어두운 숲 암벽에 새겨진 희미한 석불(石佛)
앞에 놓인 스테인리스 주발에선 희푸른 향 피어오르고
시커먼 두꺼비 한 마리 석불 밑 축축한 바위 틈 웅크리고 있다.

저편 움푹한 둥치에서 늙은 여자들
둘러앉아 식은 밥을 먹고 있다.
꼬불거리는 파마머리
비린 젓갈 냄새 찐득하게 배인 겨드랑이
웅얼웅얼 밥그릇에 얼굴을 박고
늙은 석불의 코를 조금씩 뜯어먹는 여자들

시커먼 두꺼비 멍하게 흰밥을 쳐다본다.

북어를 일별(一瞥)하다

집도 절도 없이 떠돌던 스승은 길 위에 뱃바닥을 좍 펼쳐놓았다. 식어버린 오장과 육부를 들어내자 햇빛과 담배연기 머물렀던 자리마다 울긋불긋 곰팡이가 슬었는데, 거기선 그가 생전에 퍼마시던 비린 문장의 냄새가 나더란다.

식탐으로 점철된 그의 한 생애는 뿌연 먼지 일던 길보다 더 허기진 것이었으니, 그는 이제 삼켜버린 길을 다 게워내 돌려주려는 것이겠다. 허공에 벌어진 입술이 마지막으로 오물딱거리다 멈추고, 재빠른 쥐들이 파먹은 눈구멍 鬼와 神을 희롱하던 문장들 죄다 증발하자 낡은 구름이 한 채 느릿느릿 부서져 흘러나왔다는데,

시끌벅적 비좁은 시장통 여자는 난전에 앉아 국밥을 퍼먹고 있다. 둥그런 배를 숨차게 끌어안고 검은 입 벌려 삼키는 길. 늙은 사내 플라스틱 파리채 쥐고 졸고 있는 한낮의 건어물상, 텅 빈 눈을 부라리고 벽에 딱 매달려 있는 스승은 그 굳어진 입으로도 종일 배고파, 배고파 하신다.

모독

누군가 두꺼운 벽돌로 허공의 길을 차곡차곡 막고 있다. 쿵쿵 이마를 때리는 둔탁한 소리. 나는 얼어붙은 문장 속에서 빌어먹던 자이고, 차가운 달의 정원을 함부로 돌아다니던 건달. 네온이 명멸하는 천공을 이고 지하도에 쭈그리고 앉아 초록의 별들 녹아내리는 밤을 보았다.

한때 나는 견고한 것, 천 근의 슬픔을 깨물고 있는 독한 이빨. 뜨겁게 달군 무쇠구두를 신고 웅얼거리는 도시의 골목 휘저으며 달려갈 때, 공회전하는 테이프처럼 지루한 문장 끝도 없이 늘어지고 게걸스러운 손가락은 천공에 매달린 별을 뜯어낸다. 부욱 찢겨진 몸 밖으로 넘쳐나오는 악취 부글거리는 시간들.

차가운 시멘트 반죽은 부글부글 검은 문장 흘러나오는 입을 틀어막고 군청색 벽돌은 뜨거운 이마를 덮는다. 이렇게 딱딱한 벽돌 속에 나를 가둔 건 어느 솜씨 없는 벽돌공이었을 거다.

꽃집 여자

거리로 난 창을 조금 열어놓고 가위를 집어 든다. 흰 손가락 지나가는 자리 꽃잎들 지루한 식탁 위로 떨어지고 햇빛, 치렁치렁한 머리카락을 지나 다리 사이에 축 늘어진 그림자를 만든다.

검푸른 덩굴손 허공으로 뻗어가다 말라붙고 커다란 화분의 멕시코산 선인장이 독한 냄새를 풍기기 시작할 때 흐무러진 살에서 비쭉 돋은 가시, 그녀의 손가락을 쿡 찌른다. 멈칫, 흔들리는 등뼈 뒤로 세계의 구멍이 뻥 뚫린다.

정오의 뻐꾸기 울음 소리 없이 쏟아지는 거기, 환난의 구멍 속으로 자꾸 비어져 나오는 붉은 잎을 밀어넣는 그녀. 뜨거운 담뱃불로 딱딱하게 굳어버린 다리를 지져대듯 난폭하게 꽃잎을 짓이긴다.

시든 햇빛을 쓰레기통에 쑤셔 박고 거울 앞에 서 있는 그녀, 어두운 식탁을 휘장처럼 덮고 있는 머리카락 무쇠 가위로 싹둑싹둑 잘라낸다. 식어버린 밥을 씹으며 목발을 짚고 식탁 위를 걸어가는 여자의 등 뒤에서 나무뻐꾸기 울음 새어나온다.

푸른 슬리퍼

검푸른 비닐껍질 같은 가로수 사이 횡단보도 그들은 미끄러진다. 불그레한 혓바닥 축 늘어뜨린 개는 헐떡헐떡 앞서 가고, 푸른 슬리퍼 벗겨질 듯 따라간다. 팽팽하게 당겨진 줄 끝에 겨우 매달린 사내. 허연 침처럼 굳어진 허공을 악착같이 물어뜯는 개의 목을 꽉 조인 가죽끈, 안간힘으로 잡아당기는 사내의 등이 푸들푸들 떨린다.

블록들은 대지에 단단하게 박혀 있고 잎들은 필사적으로 허공에 매달리는데, 혼신의 힘으로 육중한 개를 잡아당기면서 질질 끌려가는 사내. 목까지 채워 올린 지퍼, 이마를 물어뜯으며 꿈틀대는 주름살. 가로수 잎들 차가운 물방울 부르르 털어낸다.

안개의 구멍 속으로 절반쯤 사라진 시커먼 개의 뒷다리는 사내의 야윈 가슴팍을 거세게 밀어내고 있다. 철퍼덕 누런 욕설이 한 무더기 지상으로 떨어지고 퍼런 웅덩이 같은 슬리퍼에 담긴 백수狂夫의 그림자 횡단보도를 미끄러진다.

정오

여자는 검은 포대를 뒤집어쓰고 걸어간다. 푸른 레일 둥글게 휘어져 발바닥은 허공에 떠 있고. 샛노란 개양귀비 피었던 자리, 취로사업 나온 노인은 꽃모종을 옮기며 허리를 굽힌다. 아직도 흰 눈 펑펑 철로 위에 쏟아지고 있는지, 토마토 같은 아기는 붉은 탯줄 매달고 헤엄치고 있는지, 무수한 살과 뼈와 뜨거운 배꼽은 모두 어디서 오는지, 여자는 궁금한 것인데. 갈고리처럼 구부러진 노인의 손가락 노란 꽃잎을 벌리고 있다. 사원의 흰 벽처럼 아무것도 모르는 뺨 위를 검은 손톱이 획 지나갔다. 꿈틀거리는 정오의 머리카락 노랑 불꽃을 뚝뚝 떨어뜨린다. 검은 허공에 노랗게 꽃잎을 게워내는 여자, 두꺼운 포대를 뒤집어쓰고 사악한 시간을 견디며 그녀는 푸른 레일을 삼킨다.

송년파티

미끈거리는 어둠 속 누군가 방 안을 들여다보고 있다. 붉은 살점 타는 냄새 번들거리는 입술들 소란한 불빛 이마에 번진다. 사내는 피우던 담배를 손가락으로 짓이긴다. 차가운 허공에 둥둥 떠 있는 얼굴, 그 눈 마주치지 않기 위해 고개를 숙이고 필사적으로 고깃점을 찢는다. 질긴 살은 씹히지 않고 그는 못생긴 입술로 수십 개의 이빨을 얼른 덮어버린다.

그러나 오래 전에 봉인된 편지는 주머니에서 부스럭대고, 무턱대고 씹어대던 질긴 시간은 목구멍에 걸려 컥컥거린다. 포만으로 더워진 뱃속 울렁거리며 부풀어오르는 그것, 검은 드럼통처럼 터질 듯 팽팽한 한숨 목구멍으로 밀어넣으며 사내는 끈끈한 공기를 헤치고 창으로 다가선다. 꽉 졸라맨 넥타이를 풀어놓으며 손톱으로 차가운 유리창을 득득 긁어본다. 순간,

그와 눈 마주친 검은 물고기들 뾰족한 이빨을 빛내며 일제히 사내의 가슴으로 헤엄쳐 들어온다. 지상에 첫숨을 뱉으려는 아기처럼 으, 으, 으, 동그랗게 입 벌리는 순간, 향유처럼 한 줄기 진한 침이 흘러내리고 목덜미에 차가운 이빨자국 냉정하게 찍힌다.

소문

어두운 서랍이 토해놓은 구름 허리춤에서 흩어지고 두꺼운 혀가 껴입었던 소문들 싸늘하게 반짝이며 길 위에 쏟아졌네.

상점의 유리는 푸르게 굳어 있는데 얼어붙은 가지 사이 흔들리는 촛불처럼 누구의 혀가 저토록 오래 중얼거리고 있나. 뻣뻣한 안개는 얼굴을 덮고 비쩍 마른 사내는 상점을 기웃거리네.

상점의 유리 케이스 안에는 아직 새것인 가죽구두가 반짝이는데, 물 뚝뚝 흐르는 발자국이 빠르게 통과한 벽과 벽 사이 빈 서랍 속 태양은 백 살이나 먹은 노파의 입술처럼 쪼그라들었네. 쿨룩쿨룩 오래된 기침소리 먼지처럼 흩어졌네.

얼어붙은 강을 향해 질주한 차는 다시 떠오르지 않고 물 속에 처박힌 차 안에서 아이는 깊이 잠들었네. 젖은 손바닥에 뜨거운 촛불을 켜들고 사내는 얼음이 깔린 거리를 지나 멀고먼 국경선을 넘어 고요한 서랍 속으로 들어가네.

광장

언젠가 뜨거운 손을 꼭 맞잡고 광장의 시계탑 아래 서 있던 연인들. 분침과 시침은 허공에서 마주보며 어긋나고 여자애의 앙상한 다리 사이 늙은 장님 플라스틱 말을 끌고 천천히 걸어간다. 발목 없는 말이 복제테이프 검은 잡음을 삐그덕거리며 통과하는 동안, 콘크리트 다리 아래로 열차는 지나가고 허공에서 감긴 태엽 풀어지듯 여자애의 몸은 천천히 회전하고 있다.

그토록 낡아빠진 풍경 위로 얼마나 오래도록 기차는 흘러갔는지, 늙은 여자는 간이식당 냄비 속에서 퉁퉁 불은 라면 건져내며 생각한다. 잿빛 비둘기똥 얼룩진 시계탑 아래 아직도 서 있는 여자애, 언제쯤 지루한 떠돌이 바람은 기다란 혓바닥으로 그녀를 감싸서 사라질 것인가.

미지근한 국물은 식어 있는데 늙은 여자는 짐보따리를 이고 휘청휘청 여자애의 그림자 속으로 걸어들어간다. 벌써 십 년째 콘크리트 다리 위에 서 있는 여자애의 불룩한 배, 녹슨 시계탑 거대한 분침과 시침은 허공에 다리를 벌리고 멈춰 있다.

얼굴

빈 허벅지 사이에서 허구의 연꽃 피어나는 밤, 갓난아기를 품에 안고 차가운 돌계단에 엎드린 여자여. 열차 칸마다 생을 구걸하는 손바닥은 넘치고 목구멍을 타고 넘어오던 유황의 시간은 입술 위에서 천천히 식어간다.

검푸른 머리카락 출렁이며 지상의 첨탑을 휘감고 막차를 타러 뛰어가던 여자애의 퍼렇게 튼 입술 휘익 내뱉는다. 얼어붙은 뺨을 스쳐 새파랗게 쏟아지는 면도날들. 한 줄기 뜨끈한 피는 귓속을 끈끈하게 흐르고 뭉개진 얼굴을 하나씩 받쳐들고 아기들은 태어난다.

오늘은 허구와 불구의 흰 뱀이 지나간 밤, 잿빛 안개를 내뿜는 구멍에 흐릿한 얼굴이 잠겨 있다. 마지막 열차는 갑자기 떠나고 훔쳐온 아기는 찢어지게 울어댄다. 지옥의 연꽃구름 만장처럼 쏟아지고 늙은 여자는 궁창의 입을 벌려 차가운 눈을 받아먹는다.

첫 페이지

정문 앞 서점의 유리에 기대어 그는 서 있다. 간이트럭에서는 부글부글 국물이 끓고 늙은 새처럼 숨을 몰아쉬며 그는 오렌지빛 창 앞을 서성이고 있다. 진열대 얼룩덜룩한 표지에 박혀 있는 얼굴, 자주 물어뜯던 초조한 손톱이 부서져내리고 어둡게 접혀졌다 펼쳐진 생의 금〔線〕이 뺨 위를 사선으로 지나간다. 간이트럭에서 뜨거운 국물이 끓고 여학생들은 좌판에 앉아 새의 고기를 씹는다. 잿빛 뼈의 문자가 무릎에 수북하게 쌓인다. 낡은 가방을 끌어안은 채 눅눅한 저녁의 공기를 씹다가 후욱 뱉어놓는 사내, 헝클어진 이빨 사이로 흘러나오던 문장은 굳어버리고 두꺼운 표지 위에서 천천히 부식되는 얼굴을 그는 영원히 알아보지 못한다. 뜨거운 고기 물어뜯는 이빨 사이로 저녁이 오고 그는 천천히 손을 내밀어 첫 페이지를 부욱 찢는다.

은행나무 아래를 지나간 사람

골목의 문은 모조리 잠겨 있고 지상의 누추한 나무들 입을 다문 지 오래, 그는 너무 늦게 도착하였다. 개들은 꼬리를 말아올리고 발목 근처 흡흡 냄새를 맡다가 무례한 이빨 드러내고 짖어대는 시늉. 녹슨 문을 쾅쾅 두드려 보지만 골목은 비어 있고 누런 잎 뒤에 숨어 있던 눈동자는 지독하게 터져 흐른다. 축축한 손에 쥐고 있던 떡은 굳어 있고 허공을 더듬던 손짓 스르르 허물어지는데,

저물녘 은행나무 아래 낯선 보퉁이 하나 놓여 있다. 휘파람을 불며 지나가던 소년이 발로 툭 차고 간다. 데구루루 굴러가는 보퉁이, 붉은 신호등 앞에 멈췄다 다시 굴러 지하도를 건넌다. 구르면서 다리를 건너고 구르면서 골목을 지나 점점 닳아간다. 움푹한 손바닥도 없고 다리도 없는 검은 보퉁이, 쉰 떡 냄새 새어나오는 누더기 보퉁이 하나, 휘파람 소리 흉내내며 어둑한 거리를 굴러다니고 있다.

저녁

오래 된 보신탕집 녹슨 문을 밀고 나와 한 여자 이빨을 닦습니다. 허기진 입들 퍼먹고 간 더운 국물처럼 천천히 풀어지는 황혼, 처녀의 입술은 흰 거품을 부글부글 뱉어냅니다. 플라스틱 슬리퍼 아래 벌건 내장이 흘러넘치는 길, 더는 흘러갈 수 없는 길에서 딱딱한 칫솔을 물고 서 있는 여자. 맨발의 행려자처럼 황혼이 치렁치렁 검붉은 치마에 내장이 없는 개를 감싸들고 사라질 때, 오토바이에 실린 비좁은 나무상자 두꺼운 털가죽을 뒤집어쓴 어둠이 킁킁 짖으며 오고 있군요. 가난한 허공을 물어뜯던 입술들 궁륭 같은 검은 솥에서 끓어 넘치는 저녁, 끈적하게 흘러 발목부터 잠겨가는 어둠의 베일을 쓰고 여자는 혼례식의 한 그루 복숭아나무처럼 환한 거품을 저렇게 피워놓았군요. 허공의 비릿한 그 냄새 걷히려면 참 오래 걸리겠습니다.

횡단보도

구불거리는 문장 속에 고개를 처박고 생의 접혀진 모퉁이를 다 읽었을 때 불멸의 저녁은 온다. 버스가 급하게 커브를 돌고, 횡단보도 저쪽 불쑥 튀어나온 차가운 손가락처럼 허공에서 닥쳐온 구름처럼 번쩍이는 도끼날. 정확히 두 조각으로 갈라진 그림자는 흰 종이 위에 흩어진다. 굳어버린 손이 백지를 움켜쥐었을 때, 누군가 사내의 울적한 혀를 훔쳐간 게 틀림없어.

그러나 낡은 가죽가방에서 마지막까지 꿈틀거리던 그건, 아직 내려놓지 못한 가방을 들고 횡단보도 위에서 헐떡거리는 저 사내의 발등에 물컹하게 녹아 흘러내리는 그건, 사원의 회벽에 축 늘어진 외투처럼 운명에 복종하는 검은 혀. 버스는 어두운 들판을 달리고 검은 외투를 입은 사내는 얼어붙은 국경을 넘는다. 벌어진 입 안을 가득 채운 월광이 광막한 횡단보도에 쏟아진다.

슬픔

유리창 안에서 지상의 온갖 꽃들 피어나고 옥상엔 검은 비닐 구름이 덮여 있다. 수백 개 눈이 매달린 비상 계단 위 어디쯤, 천장에 붉은 알전구들 한꺼번에 터져 내리고

붉은 헤드라이트를 켜고 지하로 달려드는 자동차. 검은 스타킹을 벗으며 너는 이빨을 꽉 물고 있지. 목덜미에 박힌 차가운 손가락 벌어진 입은 뭉클거리는 아이스크림을 움푹 베어먹는다.

뻣뻣해진 손가락 사이로 넥타이 주르르 흘러 떨어지고 탕 탕 탕 계단 아래로 굴러 떨어지는 구두, 덜덜 떨면서 너는 지퍼를 채 올리지도 못했지.

한 입 뜨겁게 물어뜯었던 계단 빙그르르 자정의 별은 엘리베이터처럼 광속으로 추락하고 검은 커튼처럼 흘러내려 얼굴 덮으며 얼어붙은 입 안 가득 찬 그것은……

공원

여기는 오래된 놀이터
늙은 아이들은 하루 종일 기다린다
푸른 반바지를 입고
삐걱거리는 그네에 앉아
야윈 종아리 건들거리며

그들은 볼 수도 있을 것이다
잠깐 고개를 돌린다면
저 깜박이는 초록의 신호등 너머
누추한 손을 내밀러 다가오는
절룩거리는 밤의 걸음걸이

그러나 게으른 태양이
아직 공중에 떠 있는 동안
흰 새의 부리처럼
그들의 손가락은 일제히 허공을 향해
튀어나와 있다

먼 곳에서 온 알 수 없는 향기가
검은 항아리를 채우고

불안한 발가락을 꿈틀대며
흰 먼지의 냄새 속
아이들 떠다닌다

제4부

몰락

어두운 모퉁이 편의점의 노란 불빛 휘청 다가온다. 어린 여학생은 눈 비비며 계산대에 앉아 한밤의 모니터를 응시하고 있다. 흰 목덜미에 안개 자욱하고, 그때 두꺼운 코트를 입은 사내가 다가와 건네주던 책은 뜨거운 뼛조각처럼 달아올랐었다. 지금 여학생은 지구의 저편 암록의 비 젖은 밀림 응시하고 있다. 그 밤은 사내의 시체가 강에 던져진 밤. 가죽 부대에 담긴 사내는 얼어붙은 강의 중심을 향해 하염없이 가라앉았다. 흰 꽃잎이 모니터 안에서 백지처럼 날린다. 어쩌면 어둠 속에서 내가 받아든 것은 잿빛 유골, 손바닥 위에서 화장장의 은사시나무처럼 밤새 타오르던 그것은. 일생을 걸어와도 숲을 빠져나오지 못하고, 집으로 가야겠는데 중얼거리면서도 같은 길을 헤맬 때, 검은 가지 뚝 부러지고 두꺼운 성에가 모니터를 뒤덮는다. 한꺼번에 떨어진 흰 꽃잎 혹은 내 이마를 관통했던 붉은 책, 몇 대의 검은 트럭 헤드라이트를 끄고 숲을 통과한다. 여학생의 창백한 얼굴이 흔들리고 노란 불빛의 편의점에서 낮은 울음이 퍼져나온다.

분홍신을 추억함

그들의 혓바닥 어두운 습지의 냄새를 품고 다니므로
허공은 금세 눅눅한 공기로 가득 찬다.
그 컴컴한 냄새를 무시하기로 한다. 나는
태연하게 가판대의 석간신문을 사고
굵은 콘크리트 기둥에 기대서서 열차를 기다린다.
지하의 터널 속 검은 비라도 뿌릴 듯 전등 깜박거리고
비릿한 물의 냄새 둥둥 떠다닌다.
옆에 서 있는 여자의 흐릿한 얼굴이 풀어져 신문 위에
얼룩처럼 번진다.
먹먹한 귓속으로 달려오는 휘둥그런 불빛
열차의 문이 열리는 순간
누군가 내 축축한 등에 바짝 붙어 선다.
방심의 틈새 스쳐 목덜미에 덜컥 찍히는 그것.
땅 속에서 소리 없이 솟아난 거대한
덩굴 같은 손 등 뒤에서 조용히 꿈틀거리며
내 발목 휘감아 훽 잡아당긴다.
아, 쩍 벌어진 허공의 입 속으로 한 점 비명도 없이
나는 사라질 것이다. 순식간에
바닥에 뒹구는 분홍색 구두 한 짝
누군가 그걸 집어다 먼지 쌓인

유실물 보관함에 집어던질 것이고
분분한 억측과 소문 부옇게 피어났다 풀썩 주저앉고
마지막으로 두꺼운 철문이 쾅, 하고 닫힐 것이다.

귀환

그리고 어느 날 그가 돌아왔다. 더러운 거품 부글거리는 해안, 검은 기름투성이의 육중한 몸뚱이 겨우 끌고 흘러온 그. 너덜거리는 흠집 물어뜯긴 자리에선 쉬파리떼 지루하게 들끓고 눈치 빠른 사람들은 싸움이 끝난 걸 금세 알아챘다. 슬금슬금 성한 살점마저 뜯어가던 이웃들 그가 퉁퉁 불은 처녀의 흰 손가락을 토해내는 걸 봤다고 수군댔지만, 숨 쉴 때마다 겨우 부풀어올랐다가 쪼그라붙는 성기 위로 먹구름 몰려오고 사람들 코를 움켜쥐고 돌아간 뒤, 나는 결국 상처 속으로 들어가보기로 했다.

펄럭이는 촛불을 들고 그의 허리에 뚫린 구멍 속으로 들어간다. 뒤에 남은 자들 낄낄대고 발등에 뜨겁게 떨어지는 촛농. 무수히 갈라지는 길 위에서 나의 눈은 어떤 울음을 보았나. 무너진 사원의 기둥들, 아직도 펄떡이며 끓어오르는 심장에 쏟아지는 수천 조각의 거울들. 폐허의 절벽을 다 토해낸 검은 동력(動力). 그리하여 지상의 모든 낡아빠진 은유를 관통해 동공에 날아와 박히는 황금의 短刀여, 나는 이미 사라진 불에 복종하는 자. 등 뒤에서 천천히 출구가 닫히고 지상으로 가는 길을 잃는다. 아무도 읽지 못한 마지막 싸움의 기록 속에 나는 영원히 봉인된다.

어떤 강

그는 다 뱉어낸다. 빗질도 하지 않은 머리카락 사이 부글거리는 거품 플라스틱통 떠 가고 벌건 고무장갑 쑤셔 박히고 봄날 오후 뻣뻣한 혀를 빼물고 죽은 고양이도 떠오른다. 아무것도 품고 가지 않는 강, 냉담한 얼굴 위로 가등 불빛만 검게 번들거린다. 밤엔 여자들이 강에 발목을 담그고 울다 가고 두꺼운 안경 낀 사내들은 둥치에 서서 누런 오줌을 눈다. 검은 물때 덮인 모래 오래된 책장처럼 가벼운 혓바닥들 누렇게 말라갈 때, 모든 걸 뱉어내는 안간힘 그의 목줄기 시퍼렇게 힘줄 튀어나온다. 퉁퉁 부은 잇몸의 한 생이 물풀처럼 허물어지고, 그가 뱉어낸 것들은 맨발의 아이들이 모조리 주워간다. 울지도 않고 빗질도 하지 않은 머리카락으로 그는 참 오래도록 흘러간다.

희망

햇빛이 길게 늘어진 마당 쭈그리고 앉아 밀떡 같은 희망 꿀떡꿀떡 받아 삼키다 문득 놀라 일어선다. 어느 차가운 손가락이 목줄기에 닿은 듯 냉수처럼 시퍼런 가시나무의 시선. 늙은 시인은 뻣뻣하게 말라죽고 철없는 자식들 담배를 피며 킬킬대며 꽃상여 뒤를 따라가는 봄날. 부러진 가지 벽에 기대선 그의 몸 꽃이 피었던 자리마다 가시가 달려 있다. 삐쭉 튀어나온 가시들은 조금 전까지 내 벌거벗은 입술로 쓰다듬었던 부드러운 순(筍)이었을 터. 빈 마당에 까맣게 탄 입술처럼 쪼그라든 열매가 흩어져 있다. 그늘의 목구멍을 넘어가던 떡들은 이미 딱딱하게 굳어 있다.

구두를 버리다

검은 비닐봉지를 들고 망설인다. 어디에, 슬쩍 내려놓을까. 낡은 신발 속에는 주인의 혼백이 들어앉아 밤고양이가 되어서 돌아온다는데, 내 각질의 뒤꿈치와 발가락 사이 부패한 냄새와 모독의 기미 속속들이 알고 있는, 고스란히 나인 너를 슬쩍,

늙은 이마가 훌러덩 벗겨지듯 어느 날 부옇게 허물 벗어져 드러나는 살가죽, 밑창이 뜯겨진 내력을, 물집투성이 맨발로 투항했던 한줌의 불륜을. 축 늘어진 뺨 그래도 꽃피는 시절이라고 남은 생을 은근슬쩍 밀어넣으며 흘리던 한 사발 더운 눈물을. 그때마다 내 짧은 혀가 갈아 신었던 수없는 변절의 문장을.

비린내 질척한 시장골목 돌아 쓰레기 소각장을 지나 입가에 묻은 피 핥아내며 배가 불룩한 검은 고양이 울어대는 숲을 지나, 끈끈한 핏물과 악취 배어나오는 검은 봉지를 어디에, 슬쩍 내려놓을까.

아귀

나는 다 삼켰어. 퉁퉁 불은 라면과 딱딱하게 굳어버린 빵, 먹먹한 전화통과 빈 방에서 혼자 녹슬어가는 대못도 죄다 주워 삼켰지. 꺼멓게 탄 돌멩이 뒹구는 뱃속 붉은 찔레처럼 혼자 독해지고. 비틀어진 입술 목에 걸려 삼켜지지 않는데, 지붕 위로 내려앉은 검은 구름장 정신없이 집어삼키느라 헛걸음 휘청거렸지. 찢어진 하늘에서 별들이 후드득 떨어지고 머리를 싸 쥐고 도망칠 때, 혓바닥은 너덜거리고 텅 빈 골목 세월은 뜨거운 자갈처럼 굴렀네. 소주병을 깨 들고 허공을 긋던 아이들은 빨리 늙어가고 늙어버린 독재자는 말이 없고 입을 벌리면 비눗물 눈부신 햇빛 담장의 노란 꽃들은 여전히 혓바닥 내밀고 웃는데 저만큼 달려간 개들은 낄낄거리며 전봇대에 오줌을 싸고 검은 종처럼 뱃속은 텅 비었군. 뱃속에서 제각기 경(經)을 읽으며 뎅그렁뎅그렁 울어대는 소리, 나는 다 삼켰는데 귀를 틀어막아도 웅웅대는 검은 바람 소리 하루 종일 들려오는군.

숲

소아과병동 앞 그늘진 숲 사내는 무릎을 오그리고 누워 있다. 뭉툭한 발목에서 수액이 흘러나와 검은 얼룩 딱딱한 둥치를 적시고, 발목 근처엔 구겨진 풀들. 머리에 하얀 수술터번 두른 아이가 바퀴의자에 실려서 간다. 노란 수액 찰랑대는 링거병 매달고 노래라도 하는지 붉은 입술을 오물거리며 사라진다.

한때 사내의 꿈은 어리고 순한 짐승을 키워보는 것. 그 짐승의 둥그런 눈에 아무 때나 떠오르는 구름이나 느린 물결 같은 걸 오래도록 바라보는 것. 마른 풀 씹는 마음으로 짐승의 눈가에 앉아 허전한 오후를 다 보내는 것.

푸른 칠 벗겨진 의자 햇빛 잘게 부서져 발목에 부어지고, 이미 어두워진 숲 진흙 깊이 패인 바퀴자국을 따라 절룩절룩 목발을 짚고 어린 짐승이 노래하면서 걸어온다. 잘려진 나무둥치 핏물처럼 배어나오는 노래, 벗어놓은 사내의 구두 속으로 붉게 젖은 잎이 떨어진다.

어항

그는 빗자루같이 마른 늑골과 폐 사이의 허공에 물고기를 기르고 있다. 빗장뼈 사이로 헤엄치는 푸른 물고기 찰랑거리는 지느러미의 울림을 듣기 위해 길을 걷다가 발을 멈출 때가 있다.

니코틴과 검은 추억의 때 칙칙한 이빨을 드러내고 사내가 씩 웃을 때, 지나가던 여자 힐끔힐끔 돌아본다. 소리를 낮춘 그의 웃음소리를 알아보기란 건너편 공장에서 뭉클뭉클 쏟아지는 검은 연기 속 치자꽃 향내를 찾아내는 것만큼이나 힘든 노동일 터. 여자는 고개를 갸웃거리며 지나가고 정류장 지친 가로수의 오랜 친구처럼 기대서서 사내는 킬킬 웃는다.

퇴근길 버스가 떠나려 해도 그는 뛰어갈 수가 없다. 출렁출렁 엎질러질 듯 흔들리는 물소리. 아침에 창을 열 때나 두꺼운 안경 끼고 출근을 서두를 때, 작업복의 단추를 죄다 풀어헤치고 앙상한 팔 좌악 펼쳐 흔들어댄다. 그럴 때 그를 잘 아는 이웃들은 그가 어젯밤에도 또 술을 마셨나 보다, 한다.

그러나 비틀거리는 가슴께를 들여다보라. 그는 물고기들에게 일렁이는 하늘을 보여주고 싶었을 뿐. 공사장의 승강기는 빛의 속도로 추락하고 둔탁하고 날카로운

철근이 그의 심장을 관통해갔던 그 오후에도 푸른 꼬리
팔랑이며 꺼멓게 녹슨 심장을 흔들고 있었을 뿐이다.

내가 본 것

이 동굴의 유일한 기적은 숨쉬는 거대한 전동차뿐이다.
더운 김을 뿜으며 더러운 물에 잠긴 채 썩어가는
갱목 위 질주하는 벌겋게 달아오른 눈
그의 비명은 먹물처럼 흘러 내 눈으로 들어온다.
내가 마지막 보았던 빛은 차가운 시멘트벽에
새겨진 화석의 검푸른 꽃들
아직도 기억 속에서 선명하게 빛나는 그것은
심장을 할퀴는 고통 속에서 활짝 피어났었다.
날카로운 쇳소리를 내며 내 눈 속으로
질주해오던, 순식간에 소멸하는 그 빛을 따라
시간의 벼랑으로 몸을 던지는 자들.
비리게 흩어지던 붉은 살점
혓바닥 위에서 바위처럼 굴러다니던 모독과
가슴에 차곡차곡 쌓였던 고통이
고압선 위에서 희푸른 별처럼 검은 비처럼 쏟아진다.
우르르 몰려드는 발자국들 탁한 바람과
멀리서 흘러온 입김들이 뒤섞여 웅성거리고
금간 시멘트벽 몇 장의 꽃잎 부스러져내린다.
내 봉인된 눈꺼풀에 덮여
잠들어 있던 두 개의 검은 별 떠오르고

그가 벗어두고 간 구두가
혼자서 동굴 속을 저벅저벅 걸어다닐 것이다.

새점을 치는 노인

횃대에 작고 노란 새가 앉아 있는 조롱 옆에 놓고 노파는 백 원짜리 버드나무 피리를 분다. 힘주어 동그랗게 오므린 입술에 자잘한 주름이 모이고, 버드나무 피리는 한 번 울어보지도 못한 새의 희뿌연 목소리를 낸다. 노파의 귓속에 바람이 버석이는 소리 같기도 하다.

고개를 푹 수그리고 잿빛 머리카락 사이로 허연 머릿속을 보여주는 노파. 성긴 머리카락 사이로 무수한 길들이 갈라져 있다. 목쉰 피리 소리가 흐르는 길을 따라, 새는 걸어간다. 깃을 움츠리고 작은 발톱으로 딱딱한 블록을 움켜쥐고 먹구름을 찾아 떠나는 나그네처럼 침착하게 걷는다.

이제 노파는 입을 벌리고 졸고 있다. 피리 소리 사라지고 이빨이 빠진 자리에서 진득한 어둠이 조금씩 흘러나와 노파는 어둠에 잠겨간다. 텅 빈 조롱 옆에 가등이 환하다.

우포늪

밤새도록 그가 내게 보여주는 건 물풀 휘늘어진 가슴 근처 덩그렇게 뚫린 구멍뿐이다. 검게 벌어진 구멍 속으로 사람들은 다리 부러진 의자나 녹슨 텔레비전, 배가 찢어진 가죽가방, 썩은 고깃점을 툭툭 던져넣기 일쑤다. 뒤축 떨어진 구두, 낡은 기타와 우산, 내 빠진 이빨도 그가 다 삼켰다. 그는 너무 많은 것을 삼켜 밤이면 그렁그렁 가쁜 숨소리가 새어나오곤 한다.

그가 삼킨 것에 비하면 내가 삼킨 울분, 비애 같은 건 턱없이 가벼운 물풀처럼 흔들릴 뿐. 버석이는 억새풀에 종아리를 베이며 돌아오던 저녁, 청둥오리 한 마리 늦도록 맴도는 캄캄한 밑바닥까지는 아무도 들여다보지 못해, 애들이 던진 나무팽이 하나 그의 심장 한복판에 꽂혀 돌고 있는지는 알 수 없다.

그래도 새들이 두 다리를 모으고 숨차게 날아 건너갈 땐 그도 벌떡 일어선다. 우르르 그의 묵은 세간이 쏟아지는 소리, 내가 서 있는 들판이 밤새 흔들린다. 굵은 나무들이 질긴 뿌리로 그의 심장을 움켜쥐고 차가워진 달빛 속으로 성큼성큼 걸어간다. 구석진 수풀에 고개 묻은 청둥오리의 눈보다 더 검푸르던, 그의 가슴엔 뻥 뚫린 구멍만 남는다. 마른 흙바닥엔 작아진 내 구두 한 짝 뒹굴고……

지하도 입구에서

하필이면 그가 지하도 입구에 앉아 있는지 아무도
궁금해하지 않는다. 사내는 옥외 광고판처럼 비가 오면 비 맞고
바람 불어오면 먼지 속에 앉아 북어처럼 흐려지는
눈으로 지나가는 구두를 본다. 발목 위의 세상
한번도 그의 시선을 끌어당긴 일이 없었던지 그는
고개를 맞춤하게 구부리고는 지나가는
낡은 신발 광이 번쩍 나는 새 구두 진흙 말라붙은
운동화와 은행잎이 바닥에 달라붙은 납작한 굽의 구두가
바쁘게, 느리게, 한가롭게 지나가는 걸 본다.
절대로 발목 위로 고개를 드는 법이 없다.
누구나 세상을 걸어가기 위해 한 켤레의 구두를
장만하듯 그는 고개를 수그리는 것이다.
때로 하반신 검은 타이어로 싸맨
사내의 앞으로 백동전들이 굴러오는 경우가 있으나
그건 그를 모르는 자들이 두들겨대는
헛된 노크에 불과하다. 그는 절대로 열리지 않으리니.
갑자기 그의 눈 앞에서 주먹만한 작고 빨간 구두가
딱딱한 지상에 착지하기 위해 뒤뚱거린다.

세상의 모든 골목 지나온 피로하고 헐렁한 구두를 볼 때보다
더 세차게 그의 가슴 위로 무언가 지나간다.
그럴 때 그는 처음으로 몸을 일으켜 아이의 신을 벗기고
허공으로 놓아주고 싶어진다. 그러나
세상은 작고 빛나는 구두에서 시작되어
굽이 닳아가는 너덜한 밑창에서 끝난다는 걸
너무 일찍 가르쳐줄 필요는 없을 것이다.
그는 지하도에 앉아 그 아이가
지구를 몇 바퀴 돌아올 때까지 긴 시간을 보낸다.

십이월의 書架

십이월의 서가,
책상 위에 차가운 금테안경을 벗어놓고 엎드려
잠든 청년의 등 늦은 오후의 햇빛이 천천히 흘러내린다.
늙은 사서는 미간에 쏟아지는 햇빛을 피해
등을 잔뜩 구부리고 좁고 어두운 서가를 천천히 걷는다.
천장 근처나 구석진 서가의 귀퉁이 먼지 켜켜로 덮인 책들
돋보기를 쓰고 흐린 눈 찡그리며 그는 한때
이 낡고 볼품없는 책들이 막 태어나
금박을 입힌 표지 속 젖은 잉크 냄새와 갈피마다
두근거리며 숨겨 가지고 있던 푸릇한 냄새를
추억하는 것이다. 문득 등 뒤에서 책장이
기우뚱거린다. 돌아보면 순간순간 쏟아져내릴 듯
위태로운 생각의 가지들이 그의 뒷덜미를 노려보고 있었으나
침을 묻혀 조심스레 책장 넘기듯 그가
세월의 상형문자를 더듬더듬 읽어내려가는 동안
베어진 나무 둥치 사이로 어두운 길이 잠기고

그의 귀밑머리에서 서슬 푸르게 빛나던 시간은 천천히 기울어간다.
잠들었던 청년이 깨어나 두리번거린다.
검은 머리카락 위에 허옇게 쌓였던 햇빛
주르르 바닥으로 미끄러져내리고 어두워지는
서가의 통로를 걸어 급히 사라지는 청년
이마에 붙어 있던 몇 장의 잎들이 바닥에 떨어진다.
불안한 영혼은 늘 푸른 냄새를 흘리곤 하지,
말라붙은 잎맥처럼 갈라진 손바닥으로 움푹한
뺨을 쓸어보며 그는 중얼거린다.
이마에 패인 주름 속에 이미 깊은 어둠 차오르고
적막하고 어두운 숲에 홀로 앉아
그는 마지막 책장을 넘기지 못한다.
평생 한 걸음도 빠져나가지 못한 길을 덮고
이제 불을 꺼야 할 시간이다.

늪 2

그의 몸을 가린 수풀더미 헤쳐보면 어두운 짐승의 눈처럼 벌어진 그곳. 저녁이면 터덜터덜 나무 한 그루 걸어온다. 일억하고도 사천만 년 전 그를 낳았던 커다란 상처가 훌러덩 누추한 나무를 집어삼키고 이내 잠잠해진다. 어둡게 고인 물은 입을 다물고, 허벅지 사이 툭툭 터지던 꽃잎, 손바닥에서 타오르던 푸른 돌들 그리고 비린내를 흘리며 늙어버린 혁명가는 누가 삼켰나. 다시 들여다보면 움푹한 진흙바닥 일억하고도 사천만 년 동안 아무 일도 일어나지 않을 거기. 저녁의 검은 철판 위에선 고기가 지글지글, 투명한 기름이 배꼽에 뚝뚝 떨어져 굳어간다. 창자를 뒤틀던 폭풍 따위 다시는 지나가지도 않을 거기, 단단한 검은 물 속에 나무 한 그루 쭈그리고 있다. 가끔 먼지 낀 안경알 닦아내며. 폭우처럼 헝클어진 머리카락, 그는 몸을 굽혀 일그러진 어둠을 향해 손 내민다.

아무도 보지 못한 풍경

가등의 그림자 어두운 길 한쪽 무심히 비추고 있다.
조금 전 사내의 차가 쿵 하며 벽돌담을 들이박았고
아직 말끔히 닦여지지 않은 끈적한 흔적은
사내의 머릿속을 채운 채 응고되었던
권태가 허공으로 흘러나온 것에 불과하다.
담배연기가 산발하며 흩어지듯
그도 길의 끝까지
달려가보고 싶었는지 모른다.
스펀지를 두드리듯 둔탁한 소리를 내며
그의 머리가 박살났을 때
누구도 들여다볼 수 없었던
무성한 숲처럼 헝클어진 머리카락 사이
헤치고 검은 살쾡이 한 마리
번개처럼 튀어나와 어둠 속으로
사라지는 걸, 아무도 보지 못했을 것이다.
견인차가 끌고 가는 차의 번호판을
무심히 읽으며 길가의 은행나무는
그가 마지막 부른 이름을
무성한 노란잎으로 바꾸어 달고 있다.

해설

고독의 유물론

이광호

누군가 당신 앞에 손을 불쑥 내밀었다고 생각해보라. 그 손이 당신에게 어떤 호의를 표현하는 보드랍고 상냥한 손이 아니라, 지하철 안에서 구걸하는 노파의 누추한 손이라면? 그리고 그 손 뒤에 이 지리멸렬한 세계의 당신에 대한 악착같고 뻔뻔스러운 요구가 담겨 있다면?

> 지하철 안에서 졸다 눈뜨면 불쑥, 어떤 손이 다가온다. 무거운 고개를 처박고 침 흘리며 졸고 있던 나를 뚫어지게 보며 움푹한 손 내밀고 있는 노파. 창 밖에는 가물가물 빈 등(燈)이 흐르고 헛되이 씹고 또 씹던 질긴 시간을 열차가 거슬러 갈 때, 내가 마신 수천 드럼의 물과 불, 수만 톤의 공기와 밥알들 그리고 보이지 않는 혓바닥으로 무수히 핥아댄 더러운 손. 환멸의 등은 꽃처럼 발등에 떨어지고 움켜쥔 손바닥에서 타오르던 길은 뜨거운 머리카락처럼 헤쳐진다. 살얼음 낀 공중변소 깨진 거울 앞

에서 천천히 목을 졸라보던 손, 이제 검은 넥타이는 풀어지고 딱딱한 벽돌처럼 혀는 굳어 있다.

그러니 이 지리멸렬의 세계여, 내민 손을 거두어라. 찌그러진 심장을 움켜쥔 누추한 손을 이제 그만 접어라. 젖은 이마에 등을 켜고 열차가 터널을 빠져나갈 때 천장에 매달린 가죽 손잡이 한꺼번에 흔들리고 세계의 지루한 목구멍이 찬란하게 드러난다. 악착같이 손 내밀고 있는 노파의 구부러진 등 힘껏 떠밀고 나는 어둠으로 꽉 찬 통로를 달려간다. 눈과 귀를 틀어막고 입에 물고 있던 무수한 칼 쨍강쨍강 뱉어내며, 팽팽하게 당겨진 검은 피륙의 시간을 찌익 가르며 열차는 광폭하게 달린다.

—「手」 전문

상황은 일상적인 장면으로부터 시작된다. “지하철 안에서 졸다 눈뜨면 불쑥, 어떤 손이 다가온다” “무거운 고개를 처박고 침 흘리며 졸고 있던 나를 뚫어지게 보며 움푹한 손”을 ‘노파’가 내밀고 있는 것이다. 이 불편한 순간으로부터 시는 일상적 현실 사이의 시-공간의 틈새를 엿본다. ‘손’이란 무엇인가? ‘손’은 세계와 물리적으로 접촉하는 신체의 일부이다. ‘손’을 통해 ‘나’는 세계에 대한 ‘나’의 욕망을 실현하고, 때로 그 욕망을 배반한다. 무언가를 ‘움켜쥔 손바닥’은 “공중변소 깨진 거울 앞에서 천천히 목을 졸라보던 손”이 되기도 하는 것이다. 그럼 ‘내’게 내민 저 노파의 손이란? 그것은 ‘나’에 대한 이 세계의 ‘호의’가 아니라, ‘지리멸렬한 세계’의 “찌그러진 심장을 움켜쥔 누추한 손”이다. ‘손’은 노파가 내민 것이 아니라, 차라리 그 “노파의 구부러진 등 힘껏 떠밀고” 있는 저 ‘지리멸렬’한 세계가

'악착같이' 내민 것이다. 그런데 이 장면은 달리는 지하철 안에서 벌어진다. 열차는 "팽팽하게 당겨진 검은 피륙의 시간을 찌익 가르며" 광폭하게 달리고, 그것은 "헛되이 씹고 또 씹던 질긴 시간을" 거슬러 가는 것과 같다. 열차는 이 세계의 시간을 거스르고 가르며 '공간이동' 한다.

이기성의 음울한 장면들 속에는 여자들이 있다. 그들은 '복수'의 '사건'으로 등장하기 때문에 하나의 표상으로 설명하기 어렵다. 가령 "약국의 먼지 낀 유리문 안에서 지루한 하품을 하는 여자"(「골목」)와 "환난의 구멍 속으로 자꾸 비어져 나오는 붉은 잎을 밀어넣는 그녀"(「꽃집 여자」) 혹은 "은행나무 아래 쭈그리고 앉은 저 떠돌이 여자"(「신촌에서 원숭이를 보았네」)들이 출몰하는 것이다. 여자들은 불길하고 공허한 얼굴을 하고 풍경의 틈새 속에 끼어 있다. 여자들은 이 공간과 장면의 주인이 아니며, 그 공간을 점유하고 있지도 않다. 그녀들은 세계의 외곽에서 불편하게 존재하며, 기괴한 이미지에 둘러싸여 있다.

그런데, 이 시집 속의 여자들은 간혹 늙은, 혹은 미친 얼굴로 나타나기도 한다. 왜 늙은 여자일까? 늙은 여자는 '여자들'보다 더 변방에 버려진 여자이며, 그녀들은 조금 더 죽음에 근접해 있는 타자들이다. 그 타자들의 얼굴은 이 세계의 배면과 균열을 보여주는 불편한 이미지이다. 이를테면 "새하얗게 타버린 생의 머리카락을 움켜쥔 노파"(「일식」), "밥상 앞에서 징징 울고 있"는 '늙은 여자'(「밥」), "새점을 치는 노인"(「새점을 치는 노인」)을 둘러싸고 어떤 사건이 벌어졌는가를 구체적으로 알 수는 없다. 시는 단지 그들을 둘러싼 누추한 이미지와 그 이미지와 섞여 있는 그들의 늙은 신체를 드러낼 뿐이다. 그럼으로써 그 '늙은 여자'들은 하나의 관념을 체현하는 캐릭터가 되지 않고, 단일한 의미 연관 속에서 자리잡기를 거부한다. '늙은 여자'들은 이런 방식으로 풍경의 어두운 균열을 살아낸다.

'그녀들'을 묘사하는 시의 언어는 서정적 속삭임과는 거리가 멀며, 객관적인 관찰의 말들도 아니다. 묘사는 고백의 문법과 섞여 있다. 하지만, 그 고백은 차라리 대상을 찾지 못한 독백에 가깝고, 묘사는 하나의 상징으로 모여지는 언어들을 흩어놓는다. 시의 언어는 여자의 풍경을 하나의 단일한 프레임 속에 체포하지 않는다. 그래서 여자의 풍경들은 규정될 수 없는 고통을 머금고 한없이 떠돈다. 그 풍경들을 무엇이라 불러야 할까? 저 풍경이기를 거부하는 풍경, 대상이기를 거부하는 시적 대상들을 말이다. 그래서 이기성의 시들은 재래적인 서정시의 정서적 기율을 따라가지도 않고 현실을 '재현'하겠다는 관념도 비껴간다. 그 자리에서 시는 관념이 아니라, 균열의 감각을 체험하는 자리가 된다. 풍경의 '구상성'은 파괴되며, 서정적 원근법을 대체한 자리에는 어두운 신체가 분열된 배경과 뒤섞여 있다. 이를 통해 이미지의 분화와 공간의 분열이라는 미학적 사건이 벌어지고, 바로 이 지점에서 새로운 시적 리얼리티가 생성될 수 있다.

아무것도 기억할 수 없다. 푸른 페인트로 구름의 창이라고 쓴 카페의 창가에 여자가 앉아 있었을 뿐이다. 겨울 저녁 어둑한 구름 속에서 여자는 고개를 수그리고 뜨개질을 한다. 가느다란 손가락 사이로 진코발트빛 털실을 감아올리며, 오른손이 급하게 저녁의 한 끝을 끌어당긴다.

물의 가장자리부터 얼어붙듯 고통은 서서히 여자에게로 좁혀들었다. 어둠은 물의 깊숙한 중심에서 흘러나오고, 검은 눈동자처럼 얼어붙은 물이 기억하는 건 여자의 길고 차가운 머리카락, 필사적으로 움직이던 흰 손가락. 털실이 툭, 끊어지고 꺼져가는 목탄난로의 불빛이 여자의 옆얼굴을 뜨겁게 비추었을 뿐이다. 창 밖으로 몇 대의 자동차가 빠르게 지나가고 젖은 구름 속 코발트빛 털실뭉치는 스르르 풀려간다.

낡은 페인트 목조기둥 늙은 암코양이 훌쩍 올라앉아 꺄르륵 입을 벌리고 운다. 시뻘건 목젖이 활짝 드러나고 겨울 저녁의 물은 천천히 얼어간다. 그 속으로 가라앉은 구름 한 덩이, 아무도 기억할 수 없다. 구름의 창은 금세 닫힌다.

—「구름의 창」 전문

관찰자적인 화자가 있지만, 화자는 단순한 상황의 보고자가 아니다. 화자는 상황의 실체적인 내용과 그 의미를 설명하려 들지 않는다. "푸른 페인트로 구름의 창이라고 쓴 카페의 창가에 여자가 앉아 있"다. 그러니까 '구름의 창'은 실제 구름이 보이는 창문이 아니라, 카페의 이름이다. 그 여자는 뜨개질을 한다. '뜨개질'은 전통적인 의미에서 여성적인 노동과 연관되어 있다. 이런 맥락에서 이런 광경은 평온하고 따뜻한 느낌을 자아낼 수도 있겠다. 하지만 시의 언어는 다른 방식으로 여성성의 상징공간을 낯설게 한다. "물의 가장자리부터 얼어붙듯 고통은 서서히 여자에게로 좁혀들었다". 여자의 내면으로 고통이 진입해 들어가며, 이 얼어붙은 물은 '털실'의 따뜻함과 선명한 대조를 이룬다. 흥미로운 것은 "얼어붙은 물이 기억하는 건 여자의 길고 차가운 머리카락"이라는 것. '길고 차가운 머리카락'은 '털실'의 이미지와 관계 맺으면서 그것과 차별되는 어두운 마력과 공포의 감각을 선사한다. '물이 기억하는 머리카락'과 '긴 시간이 흐른 것처럼 풀려나가는 털실'은 공포스러운 시간의 감각을 일깨운다. 이 장면에 등장하는 '암코양이'라는 어두운 여성적 마력의 이미지는 이 시간의 감각을 보다 깊은 마법적인 공간으로 전환한다. 난폭하고 냉담한 시간의 폭력과 관련된 '물'의 이미지와 연관하여서는 다음과 같은 시를 읽을 수도 있다.

> 등이 휘어진 별자리를 알고 있다. 나는 그녀에 대해 생각한다. 난폭하고 은밀하며 냉담한 혓바닥이 핥고 지나간 길, 이를테면 그녀는 물의 운명을 살았다는 것. 눈을 뜨면 환한 것을 찾아 흐르고 단단한 것 만나면 숨을 멈추고 스며야 했다. 도시의 미끈거리는 성벽을 관통하는 통로들, 지하의 거대한 기둥에 박힌 검은 이빨, 사방이 붉고 노란 횡단보도들, 꿈틀거리는 물의 식욕과 찌꺼기로 연명하며 때없이 터지고 폭탄처럼 찢겨지던 늙은 입술의 시간. 검은 기름 둥둥 뜬 물 속에 살고 있는 흰뼈 물고기처럼 가슴 안쪽 둥그런 바늘이 박혀 벌렁거리는 밤, 지상의 단단한 것들이 움켜쥔 시간의 틈은 천천히 헐거워진다.
>
> —「물」 부분

그녀는 '물의 운명을 산다.' 이것은 물의 상징성이 여성적의 원리에 속한다는 낯익은 상징체계의 재현이 아니다. 적어도 이 시에서 '물'은 "꿈틀거리는 물의 식욕과 찌꺼기로 연명하며 때없이 터지고 폭탄처럼 찢겨지던 늙은 입술의 시간"을 흘러간다. '물'의 흐름은 생태학적 사건이 아니라, 존재론적 사건이며 '시공간적' 사건이다. '물'은 "등이 휘어진 별자리"와 같은 운명과 도시의 더러운 통로들을 흐른다. '물'은 시간의 흐름을 공간의 사건으로 전환한다. '그녀-물'이 흐른 길은 '단단한 것'의 틈새이면서, '시간의 틈'이다. '물이 흘렀던 먼 길'은 '그녀'의 몸이 지나간 흔적이면서, 그 시간의 '휘어진' 길이다. 그렇다면 이제 그 '물-길'을 규정하는 '벽'에 대해서도 말할 수 있을까?

통로의 저편 감시 카메라 둥그런 눈이 두리번거리며 허공을 빨아당기기 시작할 때, 흰 페인트로 칠해진 광막한 시간이 펄럭이고 아, 나는 황홀한 아이였군요. 훔친 사탕을 움켜쥐고 비좁은 통로를 마구 내달리던 나는,

검은 미역처럼 미끌거리는 시간이 귓속을 흘러가고, 거대한 손아귀 따라와 머리채를 휘어잡을 듯한데. 검은 스커트 휘날리며 나는 마구 달리고 있었군요. 힐끔거리며 비켜서는 저 벽은 비극적인 텍스트처럼 잔뜩 굳어 있고요.

젖은 비린내는 브래지어 속까지 따라오고, 지금 내 혓바닥 위에서 천천히 녹고 있는 건 어떤 기억의 순간인가요. 나는 시간의 주름을 활짝 펼쳤죠. 빨강 보라 주황의 투명한 사탕들이 좌르륵 바닥에 흩어지고,

이렇게 달고 끈끈한 시간이 녹아내리는 동안, 벌건 손자국이

찍힌 뺨 위로 카메라는 스르르 돌아가고. 차가운 손은 조용히
스커트를 들추고 저, 저, 흰벽은 아득히 멀어지는데……
—「흰벽 속으로」 전문

"훔친 사탕을 움켜쥐고 비좁은 통로를 마구 내달리던" 아이가 있다. 그런데 "통로의 저편 감시 카메라의 둥그런 눈이 두리번거리며" "힐끔거리며 비켜서는 저 벽은 비극적인 텍스트처럼 잔뜩 굳어 있"다. 소녀는 닫힌 흰 벽들의 공간에서 도주하고 있다. 어떻게 도주는 가능할까? 역시 화자는 공간의 사건을 시간의 사건으로 전환한다. "나는 시간의 주름을 활짝 펼"친다. 닫힌 공간의 사건은 열린 시간의 사건이 된다. 그래서 "끈끈한 시간이 녹아내리"고, "차가운 손이 스커트를 들추"고, "흰벽은 아득히 멀어지는" 시의 마지막 장면은 그야말로 '시공간적' 상황이다. 그렇다면 소녀는 흰벽을 뛰어넘은 것인가? 혹은 흰벽 속으로 사라진 것일까? 시는 고정된 벽들의 공간을 다른 시간의 층위로 옮겨놓음으로써 그 도주의 평면성을 비껴간다. 닫힌 감시의 공간을 분절하여 시간의 공간으로 전환함으로써 소녀의 '도주'는 다른 차원을 얻게 된다. 그러므로 그 공간의 체험은 공포스러우면서 동시에 '황홀하다.'

그렇다면 그 균열의 풍경 안의 '사내'들은? 물론 사내들 역시 하나의 표상으로 등장하지 않는다. 일상적인 장면들 속에서 사내는 "웃다가 찡그리다가 천천히 낡아가는 大地의 얼굴처럼"(「휴일」) 웅크리고 잠들어 있으며, "헛기침하며 모퉁이를 돌 때" 갑자기 무언가로부터 습격을 당하여 "사내는 웅덩이처럼 패인 가슴의 구멍에 흰 수건 틀어막고

서류가방을 주워들고는 천천히 골목을 벗어난다"(「복수」). 사내들의 일상은 지리멸렬하며 어떤 불길한 위험 속에 노출되어 있다.

또는 과장된 남성성을 보여주는 사내들도 있다. 모란시장의 핏발 선 눈을 가진 "가래침 뱉으며 시커먼 고무장화 신은 사내"(「모란시장에서」)가 있는가 하면, "열차 안에서" "훌러덩 껴입었던 옷을 벗어던지는" 사내(「축제」)가 등장한다. 혹은 결핍과 '비정상성'의 사내들은 "허리를 꼬부리고" "그달에 매달려 쭈글거리는 젖가슴을 빨고 있"는 '늙은 사내'(「달」)로 등장하며, "새하얀 머리카락 같은 비단실 칭칭 감고" "검은 아스팔트 위에 배를 대고 기어"(「누에가 노래한다」)간다. 사내들 역시 이 세계의 외곽에서 웅크리고 있거나 혹은 불편하고 낯선 모습으로 나타난다. 그들 역시 이 세계의 주인이 아니며, 불길하고 기괴한 장면들 안에 파묻혀 있다. 그러면 '열쇠 깎는 사내' 이야기는 어떨까?

> 당신은 열쇠를 깎는 사람이다. 뭉툭하게 잘린 세 개의 손가락 협곡처럼 어두운 세계의 한 귀퉁이를 단호하게 벼려낼 때, 이를테면 세계는 열린 문과 열리지 않는 문, 어떤 섬광과 마찰의 틈새로 발목을 슬그머니 끌어당기는 구멍투성이 문장이다. [……] 영원히 들어맞지 않는 틀니처럼 무수히 덜그덕거리는 마찰음 혹은 닳아빠진 하악골을 새어나오는 킥킥대거나 컥컥대는 검은 음절들, 때로 깊숙한 목구멍으로 훌러덩 빨려들어가던 물렁한 혀, 낄낄대는 혓바닥이 감춘 딱딱한 열쇠 혹은 세 개의 손가락. 검은 구멍 속으로 프레스처럼 날 선 언어를 끼워 넣을 때 당신은 어떤 무덤을 열고 있었던 것인지. 수천 톤의 힘으로

미친 듯 당신을 끌어당기는 바람, 그것만이 유일한 증언이다.
대낮의 비좁고 어두운 통로를 미친 듯 달려나오는 아이의 그림
자처럼 질긴 탄식을 꼭꼭 걸어 잠그고 있는 당신은,

—「열쇠」 부분

'당신'이라는 2인칭을 호명하면서 시가 진행된다는 것은 어쩌면 사소한 문제이다. 그런데 때로 2인칭은 3인칭보다 멀리 있다. '당신'은 "뭉툭하게 잘린 세 개의 손가락"을 가진 사람이다. 그 손가락의 불구성은 그의 노동의 정교함과 대비를 이룬다. 혹은 그의 정밀한 노동에는 "뭉툭하게 잘린 세 개의 손가락"만이 필요할지도 모른다. 문제는 '당신'이 '열쇠'를 만드는 사람이라는 점. '열쇠'는 문을 잠그거나 열 수 있다. 그런데 "세계는 열린 문과 열리지 않는 문, 어떤 섬광과 마찰의 틈새로 발목을 슬그머니 끌어당기는 구멍투성이의 문장이다." '열쇠' 만드는 사람인 '당신'에게 '구멍투성이의 문장'으로서의 세계는 "눈 앞에서 쾅 닫혀버린 문"일 수도 있으며, '당신'은 "정오의 길 잃은 아이처럼 두리번거리"는 존재일지도 모른다. 열린 문을 여는 열쇠는 '구멍투성이의 문장'으로서의 세계를 여는 '언어'이다. 그런데 어떤 '언어'가 이 세계의 닫힌 문을 열까? 아니면, 어떤 언어가 '어떤 무덤'을 열까? 혹시 '열쇠-언어'는 '문장-세계'를 여는 것이 아니라, '무덤-죽음'을 여는 것이 아닐까? 혹은 자기 생을 봉인할 '무덤'을 잠그는 것이 아닐까? 그렇게 생이 죽음을 향해 열린 것이라면, 이런 장면.

출근길의 안개 속 검은 아스팔트는 미끄럽게 빛난다. 가스통

을 매달고 질주하던 오토바이, 허연 것이 눈앞에서 퍽 튀어오르고 차고 뻣뻣한 고독은 순식간에 너의 얼굴을 핥고 지나갔다. 찬란하게 쏘아올린 폭죽처럼 너는 천천히 바닥으로 떨어진다. 영문을 알 수 없어 껌벅껌벅 눈꺼풀이 흔들리고, 어두워졌다 다시 밝아지는 시간의 틈새로 쿡쿡 실없는 웃음이 잠깐 비어져나왔던 것도 같은데,

엎질러진 농담처럼 주르륵 흘러내리는 벌건 내장의 육두문자. 입 안 가득 쑤셔박힌 단단한 공기를 뱉어내며 너의 이빨은 맹렬하게 물어뜯는다. 부글거리는 거품 물고 펄쩍 뛰어올랐다간 다리 사이 고개를 처박고 뒹굴며 세계의 음부를 향해 헐떡, 헐떡거린다. 이렇게 둥글고 거대한 지구 위에서 물어뜯을 건 그것밖에 없으므로, 너는 쓸쓸하다.

—「고독」 부분

'출근길의 안개 속' "가스통을 매달고 질주하던 오토바이"는 달려드는 흰 개를 피하지 못한다. 시는 이 순간을 "차고 뻣뻣한 고독"이 "순식간에 너의 얼굴을 핥고 지나"가는 장면으로 묘사한다. 이 순간은 일상적 시간을 순식간에 '뻣뻣한 고독'의 차원으로 돌려 놓는 '시간의 틈새'이다. 흰 개의 주검은 "엎질러진 농담처럼 주르륵 흘러내리는 벌건 내장의 육두문자"로 드러나며, 흰 개의 육체는 "다리 사이 고개를 처박고 뒹굴며 세계의 음부를 향해 헐떡, 헐떡거린다." 몸을 웅크리고 자신의 음부를 향해 헐떡거리는 흰 개의 마지막 호흡은, "이렇게 둥글고 거대한 지구 위에서 물어뜯을 건 그것밖에 없으므로, 너는 쓸쓸하다"라고 표현된다. 그렇다면 왜 '고독'이라는 관념은 이 장면에 끼어들게

되었는가? 시가 말하려는 것은 고독이라는 관념에 관한 추상적인 진술도 아니며, 그 끔찍한 사건에 드리워진 '고독'의 '인간적인' 의미도 아니다. 시가 보여주는 것은 고독이라는 '사건'이며, 그 사건은 철저히 '유물론적' 사건이다. 고독은 정신적 사건이 아니라, 존재론적 사건이다. 흰 개는 자신의 신체기관을 밖으로 내보냄으로써 그 잔혹한 고독의 감각을 드러낸다. 관념으로서의 고독이 아니라, 고독의 신체를 적나라하게 그려냄으로써 고독의 물질성을 드러내는 방식. 그리하여 고독이 관념의 사건이 아니라, 육체적 사건임을 보여주는 것. 그런데 여기서 고독은 단지 죽어가는 흰 개만의 몫은 아니다. 가해자인 오토바이의 사내와 "차창마다 멍하게 응고된 눈들"을 하고 있는 구경꾼들 역시 자신들의 '감각'으로 이 세계의 고독과 공허를 나누어 갖는다.

가등의 그림자 어두운 길 한쪽 무심히 비추고 있다.
조금 전 사내의 차가 쿵 하며 벽돌담을 들이박았고
아직 말끔히 닦여지지 않은 끈적한 흔적은
사내의 머릿속을 채운 채 응고되었던
권태가 허공으로 흘러나온 것에 불과하다.
담배연기가 산발하며 흩어지듯
그도 길의 끝까지
달려가보고 싶었는지 모른다.
스펀지를 두드리듯 둔탁한 소리를 내며
그의 머리가 박살났을 때
누구도 들여다볼 수 없었던
무성한 숲처럼 헝클어진 머리카락 사이

헤치고 검은 살쾡이 한 마리
번개처럼 튀어나와 어둠 속으로
사라지는 걸, 아무도 보지 못했을 것이다.

—「아무도 보지 못한 풍경」 부분

또 다른 사건이 벌어졌다. "사내의 차가 쿵 하며 벽돌담을 들이박았"고 "그의 머리가 박살났을 때" 끈적한 흔적은, "사내의 머릿속을 채운 채 응고되었던 권태가 허공으로 흘러나온 것에 불과하"며, "무성한 숲처럼 헝클어진 머리카락 사이/헤치고 검은 살쾡이 한 마리/번개처럼 튀어나와 어둠 속으로 사라"진다. 이 사건은 자동차 사고인 동시에 "길의 끝까지/달려가보고 싶었"던 사내의 '권태'에 관한 사건이다. 시가 보여주는 것은 '권태'의 끝에서 벌어진 물질적 사건이다. 그런데 이번 사건은 아무도 보지 못한다. "아무도 보지 못한 풍경"이라는 이 장면의 성격은 이 사건이 순식간에 벌어진 것임을 보여주면서, 이 기괴한 사건의 '비일상성'을 암시한다. 그리하여 이 사건의 고독은, 사건 자체의 고독한 성격과 그 풍경이 타인의 시선에 잡히지 못한다는 문맥에서의 고독이라는, 두 가지 층위를 함께 갖게 되었다.

그런데 이기성의 시들에서 고독과 공허의 사건들은 개인의 사건이면서, 한편으로는 집단의 사회적 사건이다. 이를테면 "해는 지고 생은 거듭 누추해지고 血稅의 계절은 닥쳐"오는데, "끈끈한 식탁에 엎드린 등 뒤에서 검푸른 제복을 입은 관리들이 컹컹 짖으며 문을 두드리고 있다"(「열정」). 누추한 생의 현실은 일종의 정치적 사건이다.

사소한 교전은 정오에 있었다.
누군가 소각장의 첨탑에 올라갔다.
수백만 볼트의 전기가 그의 발바닥을 통과할 때
TV 앞에 몰려 있던 사람들의 머리통 고독한 공처럼 함께 튀어올랐지만,
이빨 사이에 박혀 있던 까만 수박씨가 탄피처럼 뱉어져 나오고는
모든 게 다시 제자리에 얹혀졌지만,
화면은 지지직지지직 교전 중이었다.
초록의 풀밭에는 열두 개의 다리가 거적을 뒤집어쓰고 나란히 누워 있었다.

어린 군인들은 묵묵히 지나갔고
농부들이 찌그러진 달을 굴리며 지나갔다.
아이들은 밀보다 빨리 자랄 것이다.
이발소에서는 머리카락 뭉치들 누런 부대에 담겨 팔려간다.
—「마을」 부분

'마을'에는 뭔가 심각한 일이 벌어졌다. 사건의 실체에 관한 정보는 제한되어 있지만, 그것은 끔찍한 정치적 사건이었음이 암시된다. 시는 마치 하나의 우화를 전달하는 것처럼 몽환적으로, 그리고 무감하게 사태를 전달한다. 소각장에 누군가가 올라갔고, "TV 앞에 몰려 있던 사람들의 머리통 고독한 공처럼 함께 튀어올랐지만," 그 끔찍한 사건은 '지지직' 거리는 TV 화면 속에 은폐된다. 그리고 "초록

의 풀밭에는 열두 개의 다리가 거적을 뒤집어쓰고 나란히 누워 있었다". 그러나 무서운 사건의 내용은 은폐된 채 "아이들은 밀보다 빨리 자랄 것이다". 이 시의 마지막 장면은 종말의 암시를 담고 있다. "누군가 실수로 리모컨을 누르자/발 밑에 뻥 뚫린 구멍으로 불빛들이/모조리 휘돌아 빠져나간다./지금 마을은 검은 어항처럼 고요하다." 마을 내부의 잠재된 그 절대적인 폭력이 마을 전체를 지우는 것이다. 그런데 이 어두운 마을의 전설은 한 마을의 이야기가 아니라, 이 시집 전체를 관통하는 묵시록적 비전의 일부이기도 하다.

K여, 허공에 매달린 창마다 불쑥 튀어나온 총구처럼 제국은 천 개의 눈을 반복한다. 욕조에 거꾸로 박힌 두 개의 다리가 고독하게 흔들릴 때, 둔탁하게 뭉쳐진 놈의 뿔이 흰 종이처럼 얇아진 당신을 찢으며 힘껏 달려갔던가. 컹컹거리며 개들이 쫓아오고 가속페달을 밟아 어두운 터널 속으로 달려가기 직전 당신은 조금 더듬거렸을지도 모르겠다. 눈부신 백미러 속에서 새하얗게 빛나던 이빨.

지금 검은 사슴 건너간 물에 엎드린 사내처럼 너무도 조용한 당신, 황혼의 욕조 속에서 팅팅 불은 당신의 몸을 건져내며 그들은 간단하게 멸종 이후의 삶을 요약할 것이다. 딱딱한 귓가에 매달린 웃음의 흔적, 손가락마다 찍혀 있는 검은 바코드. 영원히 아름다운 K여, 제국은 당신을 사랑한다.

—「산책」 부분

이 시는 선명하게 '제국'의 존재를 각인한다. '제국'이란 무엇인가? 네그리의 '제국' 개념을 떠올리게 하는 이 시에서 '제국'은 보다 구체적으로는 들뢰즈의 '통제사회'의 이미지에 가깝다. 통제사회에서는 직접적인 규율과 훈육이 아니라 모듈화된 사회적 통제의 시스템이 작동하며, 전자 족쇄는 새로운 통제 방식의 하나이기도 하다. 이 시에서 제국은 '천 개의 눈'으로 'K'를 감시한다 'K'는 '사소한 부주의'로 방부처리 기한을 넘긴 검은 사슴을 놓쳤고, 그것은 일종의 금기이다. 그리고 그 금기는 욕조 속에 '당신-K'를 '거꾸로 박히게 만들고,' "팅팅 불은 당신의 몸을 건져내며 그들은 간단하게 멸종 이후의 삶을 요약"한다. 'K'라는 익명의 이니셜은 개인이 처한 제국에서의 상황을 암시하며, "손가락마다 찍혀 있는 검은 바코드"는 그 제국의 전자 족쇄의 이미지를 선명하게 보여준다. 시는 이 끔찍한 제국의 우화를 몽환적으로 그려내며, 2인칭의 낭만적인 어조는 그 제국의 악몽을 역설적으로 표현한다.

그렇다면 이 시집에서 저 늙은 여자들, 소녀들, 사내들은 모두 제국에 갇힌 존재인가? 고독이 존재론적 사건이라면, 그들의 '고독'은 사실 '제국의 고독'이 아닌가? 그러면 이 시집의 마지막 질문은 이렇다. '검은 사슴'은, 혹은 앞서 나왔던 '흰벽 속의 황홀한 아이'는 제국의 저편으로 달아난 것일까? 탈주자들은 제국으로부터 벗어날 수 있을까? 미안하지만, 제국의 바깥은 없다. 다만, 이 시집은 상투적인 서정적 원근법을 잔혹한 고독의 리얼리티로 대체함으로써 시의 몸이 낯선 감각의 충격이 되게 할 뿐. 여기서 이기성의 시는 탈주의 이미지를 보여주는 것이 아니라, 그 자체로 탈영자의 사건이 된다. ▨